犬養楓

トリアージ

triage

Inukai Kaede

書肆侃侃房

明日それが延命治療になろうとも救命の灯を今日は消さない

トリアージ

1

風呂上がりの頭をタオルで拭きながら、瀧村《たきむら》はスマートフォンの着信履歴をチェックした。

この十分間の着信履歴はなく、深く長い息を吐く。よれたＴシャツと短パンを履くと、タオルを肩にかけ冷蔵庫を開けた。

ビールやチューハイなどによってほとんど場所を占領された一段目に、三日前に買ったコンビニの揚げ出し豆腐を見つけて手に取った。冷えたビールを開けたいところだったが、その気持ちに蓋をするように冷蔵庫を閉めた。

揚げ出し豆腐を冷蔵庫の上の電子レンジにかけると、瀧村は１Ｋの部屋には不似合いな、大きな椅子に身を預けた。二年前、この病院に就職するときに買った、割と高いオフィスチェアだ。家では少しでも疲れを溜めたくないので、自己投資だと割り切っている。

スマートフォンでニュースをチェックすると、大阪の新型コロナウイルス新規感染者数は今日も三百人を超えていた。十二月三日に大阪モデルの赤信号が点灯してからも新規感染者数は高止まりのまま推移しており、政府分科会も大阪の第三波の感染状況について注視していると、速報は伝えていた。

「第三波か」

瀧村はスマホの画面を切った。黒くなった画面に、自分の顔が映る。しばらく髪を切っていないので、冷たく濡れた前髪は眼にかかるぐらいの長さまで伸びていた。

その画面が突如明るくなり、スマートフォンが着信音とともに振動する。

画面には「能勢《のせ》医療センター」の文字。間違いなく病院からの着信だ。

「うわ」とわざと一言呟いて、電話を取った。

「はい、もしもし瀧村です」

「瀧村先生でよろしいでしょうか。医療センターの事務ですが、蜂須賀先生におつなぎしますのでそのままお待ちください」

電話がかかってくると思わなかったと言えば嘘になる。だから今日は、風呂に入る時間をできるだけ遅くしたつもりだった。だが、研修医にとって自分のタイミングというのはいつもないに等しい。今日も風呂上りの一番さっぱりした時間に病院からの不吉な電話だ。

「瀧村か？　患者の転送が決まった。病院に来て準備してくれ」

蜂須賀先生はいつも細かいことまで教えてくれない。とにかく「来い」の一言だ。

「わかりました。急いで行きます」

瀧村は電話を切って、洗濯機に入れてあった今日病院へ着ていった洋服を再び取り出した。少し湿っているような気もするが、おかまいなしに袖を通す。どうせ病院まで歩いて二分の距離しか着ない代物だ。ドライヤーで髪を乾かしていると、電子レンジにかけた揚げ出し豆腐のことを思い出した。半乾きぐらいで髪を乾かし終わると、温まった揚げ出し豆腐を再び冷蔵庫に戻した。三日前も実は同じことをしている。

玄関を開けて廊下に出ると十二月の冷たい風を浴びた。もっとしっかり髪の毛を乾かしておくべきだったと後悔しながら、寮のエレベーターに乗り込んだ。


男子ロッカーでユニフォームの青いスクラブに着替えると、蜂須賀のいるＩＣＵへと急いだ。医療センター四階の半分ほどを占めるＩＣＵには本来三つの入口があるが、そのうちの一つは動線確保のために閉鎖されており、残る二つのうち、一つは感染用、もう一つは通常用の扉である。通常用の扉の右下にある足元の窪みにつま先を入れると、重い扉がゆっくりと横に開いた。

扉が開くと同時に、いくつものモニターが奏でる電子音が、それぞれの患者の心拍数を伝えている。高い音もあれば、低い音が重なることもあり、寄せ集めでできたロックバンドのようにその音とリズムは少し不快に感じられた。

　ＩＣＵは三方をベッドに囲まれて、中央にスタッフステーションが一段高い位置にある構造である。中央から患者の様子を観察でき、どのベッドに行くにも短い距離で済むようにこの設計になっている。患者から見れば常に監視されている構造をしているわけであるが、幸いこのＩＣＵに入室しているような患者で意識がしっかりしている人は少ない。夜間など最小のスタッフの目で多くの患者の状態を把握するにはこの構造が適しているのだ。

　蜂須賀はそのスタッフルームのいつもの場所に座っていた。いつもの場所とは患者名と疾患が書かれた大きなホワイトボードが掛かっている柱のすぐ左横、高性能画像モニター二台と最新のＣＰＵが入った蜂須賀専用の電子カルテ端末の前だった。

　瀧村が蜂須賀の後ろにわざと気配を出しながら近づいた。

「蜂須賀先生、瀧村です。今着きました」

　蜂須賀のキーボードを打つ手が止まった。

「瀧村、研修医なら十分以内に病院に来い」

　振り返った蜂須賀が冷笑気味に言った。

「すみません」

腰を九十度直角に曲げ、自分のつま先を見る。上級医への謝罪は研修医なら一日数回のルーティンである。

「まあいい、急変対応じゃないからな」

蜂須賀はそう言って、隣の席の椅子を近づけ、瀧村に座るよう目で合図した。

失礼します、と言って瀧村が座ると同時に、蜂須賀が電子カルテの検索画面に「平岩達子」という名前を打ち込み、その患者の診療記録を表示させた。

「平岩達子、五十六歳女性。コロナ感染九日目。今日の朝から酸素化が低下していて、昼過ぎには酸素5リットル吸入で酸素飽和度90台前半になった」

蜂須賀はレントゲンや採血結果を電子カルテの画面に出し、時系列の検査結果と照らし合わせながら、平岩達子の今日までの経過を説明していった。

「要は、今日重症化したってことだ。本当はうちのＩＣＵに入れたいところだが、ご覧の通り感染部屋は満床だ」

ＩＣＵの奥の三床、新型コロナウイルス患者用の個室ベッドが埋まっているのが見えた。ちょうど体交の時間なのか、手前のベッドでは看護師が二人組で患者の体の向きを変えている。

「転院先が見つかったのが、午後八時過ぎ。先方から挿管して送ってくるように依頼があった」

「転院先で挿管ではなく、こっちで挿管なんですね」

瀧村が声のトーンを下げて言った。

「コロナ感染の挿管なんて誰もやりたくないからな。でもこの患者の場合は、転院が決まることにさらに一段階呼吸状態が悪くなって、病状的にも気管挿管が必要になった。それでひとまずはＩＣＵの一般用の個室に移して、そこで挿管をした。それが終わったのが、九時過ぎ。それでお前が来たのが十時過ぎってわけだ」

蜂須賀の腕時計の針は十時十分を指していた。

基本的に夜間は人手が少ないので、転送は昼間に行いたいのが本音だが、ウイルスはそんな忖度をしてくれるような相手ではない。そのため夜間に転院搬送となった場合には、あらかじめ決まっているその日の転院搬送担当の後期研修医を家から院内に呼び出し、その研修医が救急車に同乗し転送業務を行うことになっていた。

「転送先は、島本総合医療センターだ。最近ようやくここもコロナ患者を受け入れてくれるようになった。着いたら夜間の転院を受け入れてくれたことに、手厚くお礼を言っておいてくれ」

「わかりました。転送方法は市の救急車ですか」

「いや、市の救急車は今は出動が重なっていて、すぐには用意できないらしい。コロナ患者の搬送にはいろいろと救急車に前処置が必要だからな。今日は特別に、うちのドクターカーで搬送することにした。これから転送が増えることも踏まえて、ドクターカーでの転送を今週から本格的に運用している。人工呼吸器も積んでいるし、一般の救急車よりも楽だぞ」

瀧村は驚いた。ドクターカーなんて一生乗ることがないと思っていた。今は医者四年目、二年の初期研修を終えてから各内科をローテーションする後期研修が始まり、今は本命の呼吸器内科をローテーションしている。新年を迎える翌月からは最後の診療科の救急科を三か月回り、五年目の四月からはこのまま呼吸器内科医になることが既定路線だった。瀧村にとってドクターカーの乗車は少し気分が高揚するのと同時に、上級医のいない移動する病室でもあり、少し心細い思いがした。

「紹介状はすでにファックスしてある。ドクターカーはもうそろそろ準備ができると思うから、患者のカルテを読んで予習しておいてくれ」

蜂須賀はそう伝えると、看護師に呼ばれて別の患者の処置へと席を立った。

平岩達子の病室の前にいくと、ガラス張りの個室の中で看護師が、転院の準備を慌ただしくしていた。移動のために、シリンジポンプは点滴台から外されて患者の横に置いてある。看護師は点滴のルートを整理しながら、注射薬の流量の数値を最終確認し、個室の外にいる記録係の看護師に伝えていた。

平岩は鎮静剤が使用され、ほとんど動くことはない。転院搬送に際しては、しっかり鎮静して意識のレベルを下げておかないと、搬送途中にベッドから転落したりする可能性もあるし、最悪の場合、挿管チューブや点滴を自分で抜かれたりすることもある。

　処置する看護師の横からガラス越しに平岩の顔が見える。自分の呼吸をすべて機械に委ねて、集中治療が開始されたその顔には半ば諦めに近い表情が浮かんでいるように見えた。ベッドが大きく見えるのは、平岩の体が小さいからだろう。白いシーツの海に力を抜いて浮かんでいる。

　一旦、電子カルテ端末の前に座り直し、平岩のカルテを開く。体重はやはり40キロしかない。幸い大きな基礎疾患はないが、タバコを一日二十本吸っているという嗜好歴が記載されている。ＩＣＵでの治療チャートを別画面で開くと、ここで行われた治療の内容が細かく記載されていた。人工呼吸器のサポートがかなり強い設定となっており、それだけ肺の機能低下が急速に進行していることがうかがえた。


「瀧村先生ですか？　ドクターカーの準備ができました。救急外来前に停まっています」

　転送の書類一式を持った事務員が、近寄るなり話しかけてきた。

「ありがとうございます。では、出発しましょう」

　瀧村は平岩の病室の前にいた記録係の看護師に声をかけ、搬送の準備ができたことを伝えた。看護師がわかりましたと頷いて、病室の中の防護服を着た看護師にガラスを叩いて合図する。別の事務員によって、ドクターカーに収容して搬送するためのストレッチャーが病室の前に運ばれてきた。

　瀧村は部屋の外で防護服に身を包み、ガラスの窓に自分の顔を映して、帽子やマスクがちゃんとフィットしていることを確認した。家に帰ったらもう一度シャワーを浴びないといけないなと思いながら、顔全体を覆うフェイスガードを装着した。

　扉の前で大きく息を吸い込んで、扉を開けて素早くストレッチャーを押して病室に入る。もう何度も新型コロナウイルス患者の病室には入っているが、毎回ダイバーのように潜水している気持ちになる。それは南国の海を熱帯魚と泳ぐダイバーではなく、濁った川のなかで要救助者を救助するダイバーに近い。普段は息をすることなど無意識だが、この空間の中では自分の息のリズムや深さに否応なしに意識が向く。すると、普段何気なく行っている呼吸が急にしづらくなるように感じられるのだ。吸って吐く、その繰り返しの単純な作業がなぜか突然吸った後に再び吸ったり、吐いた後に吸うのを忘れたりする。正直に言えば、上手に呼吸しないとウイルスを吸い込むような気がして、そのプレッシャーが普段通りの呼吸をさせてくれないのだと思う。こんなことがかれこれ半年以上続いている。

「準備ありがとうございます。今から出発です」

　瀧村が病室内の看護師に声をかけた。

「いつでも大丈夫です」

そう応えた看護師の胸には三島と大きな字で書かれていた。

「では行きましょう」

瀧村は患者がつながれている病室の人工呼吸器を一旦外し、移動式の簡易人工呼吸器に付け替えた。後から記録係の看護師も防護服を着て病室に入ってきた。

瀧村が平岩の頭元、看護師二人が左右に立つと、患者につながれているすべてのデバイス、例えば点滴や動脈圧ライン、尿バルーンなどが移動の際に引っかからないかをまずチェックする。チェックが終わると「１、２、３」の合図で平岩の体は宙に浮き、真横のストレッチャーに移された。

「さあ、行きましょう」

瀧村が簡易モニターを左手に持って右手でストレッチャーの頭側を押す。一人の看護師は生命維持装置の人工呼吸器を運び、もう一人はストレッチャーの足側を持って、舵取りをする。移動の際も必要最低限の人数でと決まっている。この三人で四階のＩＣＵから一階の救急外来前まで安全に患者を運ぶことになる。距離にして百メートルほどだとは思うが、気は抜けない。

聞いた話だが、過去にはエレベーター内で人工呼吸器と挿管チューブの接続が外れ、エレベーター内でウイルスが拡散したインシデントや、ストレッチャーの車輪に点滴のルートが絡まって、針が抜けシーツが真っ赤に染まったアクシデントなど、数えきれないくらい報告がされているという。重症患者になればなるほど、患者の体についているデバイスが多く、移動前には整理されていたルート類も、百メートルもあればストレッチャーからはみ出してどこかに絡まる恐れが十分に出てくるのだ。

ＩＣＵを出ると、一階行きのエレベーターがすでに口を開いて、三人と患者一人を待っていた。なるべく振動が患者に伝わらないように静かに乗り込むと、「閉」のボタンが押された。押されたボタンはこの後誰かが消毒することになっている。

一階まで降りる間に、モニターから突然警告音が聞こえた。血中酸素飽和度の正常下限を知らせるアラームだ。呼吸器設定を確認したが、搬送前と同じだ。この設定の値から察するとかなり高い圧力で酸素を送り込んでいる。それだけ肺の状態が悪いということだ。移動式の簡易人工呼吸器では、やはり備え付けの人工呼吸器と比べるとその高い圧力を正確にかけることが難しい。そのために体内の酸素飽和度は正常ギリギリに落ちているのだろう。

平岩自身は鎮静薬が効いているので、患者が息苦しそうな素振りをすることはない。

エレベーターが一階に着いて、扉が開いた。

「行きましょう」

この酸素飽和度の値は経過観察をするという意味も込めて、瀧村は号令を出した。

エレベーターを出ると、救急外来は廊下を突っきった先にある。この移動のために、事務員が交通整理をしているので、救急外来の入り口からドクターカーが停まっている救急搬送口までは、人の出入りがない。

ルート類に注意しながら、搬送口までストレッチャーを三人で押した。救急搬送口を出ると、広いロータリーに一台の四角い大きなバンが停まっていた。赤色灯をつけ、側面に能勢医療センターと斜体で書かれている。車の後方では排気ガスが白い煙となって地面を這い、ドクターカーの存在感を際立たせていた。

後部ドアが縦に開くと、三人で力の限りストレッチャーを押し込み、ドクターカーの車内へ患者と一緒に乗り込んだ。最後にもう一度ルート類を整理し、人工呼吸器を車内に設置されているものへと再び付け替えた。

運転は事務員が行い、後部座席に同乗する医療スタッフは瀧村と三島看護師一人だ。病院に残る看護師が、「行ってらっしゃい、気を付けて」と言って後部ドアをバタンと閉めた。大きなドアが思いっきり閉められたが、マスクとフェイスシールドをしているためか、その風圧を感じることはなかった。

「では、島本総合医療センターに向けて出発します」

運転手がシートベルトをして、前方の安全を確認する。

「お願いします」

瀧村の声で、ドクターカーはゆっくりと動き出した。病院の敷地を出ると、夜の街を切り裂くようにサイレンが鳴らされた。

瀧村は頭元の小さな椅子に座りながら、患者の様子と車内の設備を交互に見た。

ドクターカーはハイエースをベースにした緊急車両で、運転席と助手席の後ろの空間がかなり広い。そこに救急車と同じく右の壁際に患者を搬送する折り畳みストレッチャーが固定されて、ベッド代わりとなっている。その頭元に医療スタッフが座る席がある。右の壁際には、人工呼吸器や生体モニター、除細動器などの医療装備と、いくつかの引き出しがある。引き出しには「気道確保」「ドレナージ物品」「外傷処置」などと書かれたシールが貼ってあり、それぞれの治療目的に応じた医療機器が収納されていた。ドクターカーは本来、医師を乗せて傷病者にいち早く接触するために設けられた車両である、そこで必要最低限の治療を行うことがあるため、救急車以上に緊急処置用の医療設備を備えているのだ。

車内の時計を見ると午後十一時を過ぎていた。後部座席の窓に掛かったカーテンの隙間から一瞬外をのぞくと、辺りに他の車はほとんど走っていなかった。今頃この街の人は、テレビでも観ながら家でゆっくりとくつろいでいるのだろうか。

市街地を抜けると、ドクターカーは料金所を突破して高速道路に入った。高速道路を走る振動で、患者の体が小刻みに揺れている。

生体モニターを見ると、通常の心電図の波形と、車の振動によるノイズが重なって、正確に心拍数が出ていない。その下の血中酸素飽和度も振動の影響を受けやすく、測定中の表示が繰り返し出ている。瀧村は患者の首筋に自分の人差し指と中指を当てた。規則正しい頸動脈の拍動が感じ取れる。心拍数も80程度だろう、問題なさそうだ。

しばらくモニターを見つめていると、血中酸素飽和度の値が出た。青色で記されたその値は85だった。モニターのアラームが車内に響く。

「85、低いですね」

患者の横に座っていた三島看護師が言った。

「出発前は正常下限ぐらいありましたよね。振動でうまく測れていないのかな」

瀧村はアラームを一旦止めて、その値の推移を見守った。両手の手袋の裾を持って指先がフィットするように付け直すと、びっしょりと手汗をかいているのがわかった。

青色の数字は85から83、82と緩やかに落ちていく。

「先生、これって本当の値じゃないですか」

三島が不安そうに瀧村のほうを見た。平岩の顔を見ると、血色が悪くなっており、特に唇には少しチアノーゼが出ていた。

「本当ですね、どうしてだ?」

平岩の体に低酸素血症の症状が現れている。確かに全身に酸素が足りていない。瀧村は人工呼吸器を見た。電源もついているし、正確に作動している。ということは患者側の要因ということになる。

「三島さん、ジャクソン・リースを出してください」

三島は壁の引き出しから、ジャクソン・リースと呼ばれる人力の人工呼吸デバイスを出して、瀧村に渡した。これを患者に接続すると、バッグ部分を揉むことで人工呼吸器と同じく患者に酸素を送り強制的に呼吸させることができる。強くバッグを何回か揉むが、モニターの酸素飽和度は上がらない。それどころか81、79、76とさらに急激に酸素飽和度が下がっている。

「あとどれくらいで着きますか」

瀧村が叫ぶと、十五分ぐらいです、という返事が運転席から返ってきた。

このまま十五分は、もたない。

いくら酸素を強く投与しても、酸素飽和度が改善してこない。

バッグを揉む手にさらに力が入る。

肺が一気に悪くなったのか。いや、それにしても あまりに急すぎる。

何だ、何が原因なんだ。瀧村は患者の全身を見渡して考えた。

「先生、酸素飽和度が70を切りました」

時速80キロで走る車内の中で、医者は一人。助けられるのは瀧村しかいない。もう一度強くバッグを揉んで酸素を投与する。酸素がどこかから漏れているような様子もない。

「心拍数も下がって来ていませんか？」

三島の指摘でモニターを見ると心拍数は60台だった。

瀧村はすかさず頸動脈に指先を当てた。弱いが脈は触れる。ここで脈が触れない場合は心臓マッサージを開始しなければならない。首筋を見ると、先ほど脈を測ったときよりも頸静脈が怒張、すなわち腫れるように膨らんでいることに気付いた。そういえば酸素を送るバッグが硬い。バッグが硬いということは、肺に酸素が入りにくいということだ。

瀧村は、平岩の前胸部の病衣を脱がし、呼吸に合わせて胸が上下しているかを確認した。右の胸が上がりっぱなしで、上下運動がない。

「緊張性気胸だ」

瀧村は叫んだ。車内の時間が一瞬止まったようだった。瀧村を見る三島の目が見開いた。

「脱気用の針を！」

三島はドレナージ用と書かれた引き出しから、太い針を取り出して瀧村に渡した。

瀧村はその針先を平岩の右胸に向かって突き刺した。シューという空気が抜ける音がモニターのアラーム音をかき消した。

針を突き刺したまま、瀧村は再びバッグを揉んで酸素を送る。揉むごとに針からシュッという空気が漏れる音がする。二、三回バッグを揉むと、バッグは明らかに柔らかくなった。心拍数が80台に上昇し、酸素飽和度がゆっくりと上昇してくる。そのまま患者の様子を見ながらバッグを揉み続けると、酸素飽和度は最終的に95パーセントまで回復した。

瀧村と三島はお互いの顔を見た。

「先生、すごい汗。フェイスシールドが曇ってる」

「ああ、全然気にしていませんでした」

視界が曇っていても狙ったところに針を刺せていたことに瀧村自身が驚いた。

「緊張性気胸、はじめて見ました。確か、肺が破れてそこから胸に空気が溜まるんですよね」

「そうです。片方の肺がつぶれてしまうので、酸素を取り込めなくなって酸素飽和度が下がり、心臓が空気で圧迫されるので、血液が戻りにくくなるから頸静脈が怒張したり、血圧が低下したりするんですよ」

瀧村は緊張の糸が解けると、医療知識を流れるように披露した。しかし、実際にこの目で見るのは初めてだった。

平岩の顔からはチアノーゼが消え、人間らしい色に戻っている。

ガタンと一度車内が揺れると、サイレンの音が消えたのがわかった。

「先生、着きました」

気づくと、すでに島本総合医療センターの敷地内だった。

救急外来の前でドクターカーが停車すると、外から声が聞こえてきた。向こうの病院のスタッフが集まってきてくれているのだろう。

後部ドアが開くと、四人のスタッフが防護服姿で待ち構えていた。ストレッチャーを協力して地面に降ろすと、前胸部に18ゲージの針が刺さったままの平岩の姿を見て、四人とも目を丸くしていた。

ストレッチャーを院内へと押しながら、担当の医師に事情を説明した。労いの一言をかけてくれることはなく、「はいはい」と瀧村の説明を聞いているのか聞いていないのかわからない返事をする。そのままＩＣＵの前まで患者を搬送すると、担当の医師たちに礼を述べ、患者を見送った。

防護服姿のままで病院の外にでると、冷たい風が瀧村たちの無防備な首筋めがけて吹いた。約一年間この姿で仕事をしてきた。着ているだけで汗がとまらない暑い時期も、今日みたいに身が凍る寒い日もだ。何度も防護服をはじめとした医療資源が足りなくなったが、それを創意工夫で乗り切ってきた。大きなビニール袋をかぶって検体を取ったり、Ｎ95マスクの表面がケバケバになるほど何度も再利用して使ったこともある。あの時に比べれば、今は防護服も最低限足りてはいるし、マスクも通常の方法で使うことができている。そんな当たり前のことがまたできなくなるかもしれない可能性はあるが、ひとまずこの第三波をしのぐことに集中できるだけの心の余裕はまだあった。


ドクターカーに三人が乗り込み、島本総合医療センターを後にした。

患者を運んでいないという安心感からか、車の心地良い振動につられて眠気がやってくる。瞼が重力に負けて下がってくるのだが、N95マスクのせいで息が苦しい。行きは一瞬に思えた高速道路も、帰りはかなりの時間がかかったように思う。病院へ着くころには車内の時計は午前一時を指していた。往路に比べて、復路はサイレンを鳴らさないため倍以上の時間がかかっていた。

能勢医療センターに着いて車から降り、救急外来の搬入口の前で防護服一式を脱ぐ。

瀧村は外の感染用ごみ箱にそれを丸めて捨てると、冷たい空気を肺いっぱいに吸い込んだ。

「お疲れ様でした」

三島と運転手に挨拶をして別れると、瀧村はＩＣＵへと戻った。

フロアの明かりの消されたＩＣＵで、蜂須賀はデスクライトの明かりを頼りに電子カルテで、記録を入力していた。

「蜂須賀先生、今帰ってきました」

瀧村は蜂須賀の後ろから小さな声で話しかける。

「おう、お疲れ。無事行けたか」

後ろを振り返ることもなく、蜂須賀はパソコンの画面に向かって言った。

「それが、途中で酸素化が低下して、患者さんが死にかけました」

蜂須賀が椅子をくるりと回して、瀧村の方を向いた。

「死にかけた？」

「はい、人工呼吸器による気胸が悪化して、搬送途中に緊張性気胸になりました」

「それでどうした」

「車内の物品で脱気して、なんとか生きたまま相手先に送りました」

「ほう、じゃあ自分で気づいて、自分で脱気したのか」

「そう、ですね」

「脱気は何を使った？」

「18ゲージの穿《せん》刺《し》針《しん》です」

過去の事実を言っているのに、まるで処置が正解だったか答え合わせをしているようだ。

医学部時代の口頭試問に近い。

「走る車内で緊張性気胸と診断して、的確に処置をしたわけだ。お前、なかなか救急の腕があるな」

蜂須賀が眉をひそめて言った。暗い部屋の中で彫りの深い蜂須賀の眉間が際立つ。

「そうですか。ありがとうございます」

蜂須賀が人を褒めるのはあまり見たことがない。瀧村はほっと息をついた。

「初期研修はどこでやっていた？」

「港南市民病院です」

「港南市民？　そんな野戦病院で研修していたのか」

瀧村が首を縦に振る。

港南市民病院は、毎年日本でトップファイブの救急搬送件数のある急性期病院であり、いわゆる野戦病院として、救急部門は全国的な知名度があった。ただし給料は安く、ほとんどの初期研修医は二年間の研修を終えて救急の腕に自信がつくと、後期研修が始まる三年目には他の条件の良い総合病院に移籍する者が多かった。

「人は見かけによらないな。どうしてこの病院に移ってきた」

「内科のローテーション研修が充実していたからです」

というのは理由の一つで、本当は学生時代に借りていた奨学金が多く、返済をなるべく早くするためというのがもう一つの主な理由だ。港南市民病院では働き方改革が進み、就職時に話を聞いていたときとは状況が変わり、当直を多くこなすことで給料の大部分を返済に充てるという目論見が崩れてしまったのだ。

「お前は救急に興味はないのか」

「ないことはないのですが、もう内科医になると決めていますので」

「次にお前はうちの科を回ってくるんだろ？　その時にまた考え直してもいいぞ」

「来月の救急科のローテーションは楽しみにしています。その時またご指導よろしくお願いいたします」

　頭を下げてその場を離れた。というよりは逃げるようにして去った。救急搬送数で初期研修の病院を選んだのだから、救急に興味がないというのは嘘になる。だが、自分は内科を選んだのだ。その内科の研修をするために、この病院に来た。

　この病院の内科の後期研修はスーパーローテーション方式だ。後期研修の期間である三年間のうち最初の二年間で、循環器内科、呼吸器内科、消化器内科、脳神経内科、糖尿病代謝内科、腎臓内科と救急科をそれぞれ三から四か月ずつローテーションして、最後の一年で自分の進みたい科を選び、そこを一年間固定して研修する。他の病院と比べて珍しいのは、後期研修医でも主治医として患者の治療に関わることである。他の病院では、研修医と名の付くうちは治療の最終責任者である主治医にはなれないことが多いのだが、この病院では早いうちから、主治医として自覚と責任を芽生えさせ、患者の治療に主体的に参加することで、実臨床の能力だけでなく、患者や家族とのコミュニケーション力を磨き、総合的な医療人として育成することを病院として掲げている。もちろん、経験が乏しい医者が担当することで患者に不利益が出ないよう、後期研修医は常に上級医と相談しながら治療方針を決めることになっており、そのための指導体制が各科でしっかりと構築されていた。

ＩＣＵを出た瀧村はロッカールームでシャワーを浴びた。この時間のシャワーは混まなくていい。最近日勤帯の終わりなどは院内のシャワー室が混んで並ぶことがある。男子では平均二十分待ちで、女子は下手をすると一時間待ちの時もあるという。さすがに、混みすぎているときは、空きを待たずに家に帰るが、その場合は自宅の脱衣所で一旦全部の服を脱ぎ、アルコール消毒のスプレーを吹きかけてから、洗濯機の中に入れるようにしている。それが面倒くさいというよりも、洗濯機の中にウイルスを閉じ込めておく感じが嫌で、できるだけ院内でシャワーを浴びて家路に着くようにしている。

眠気を覚ますような熱いシャワーを首筋に当てると、先ほどの蜂須賀とのやり取りを思い出した。同期の後期研修医の情報では、救急科のローテーションは相当大変だと聞く。特に部長の蜂須賀が曲者で、きつく当たると決めた奴にはとことんきつく当たる。それで三か月のローテーション中、存在感を消して灰のように過ごした研修医もいたし、蜂須賀の指導に耐えかねてハラスメント相談室に相談した奴もいた。

今日の感じでいえば、蜂須賀に名前を覚えてもらっただけでも、夜中に頑張ったかいがあったと思った。シャワー室の曇った鏡にシャワーを掛けると、疲れの中にもやけに満足気な自分の顔が映った。

2

「府からの依頼です。コロナ用のベッドをあと三床は増やしてほしいということです」

渉外担当で医事課の榎田が、会議室全体に聞こえるように声を張った。

感染対策で窓がすべて開け放たれているので、外の世界の雑音に消されないよう、うるさいぐらいの声を出さなければならない。

「重症用ですか、中等症用ですか」

そう訊ねたのは、呼吸器内科部長の牛島だ。

「重症用に三床は無理だよ。全部中等症にしてくれ」

榎田の返答より先に蜂須賀が意見した。牛島や榎田の顔を見ることなく、蜂須賀は持論を続ける。

「重症用にされたら、人工呼吸器が足りなくなるよ」

「いやいや、蜂須賀先生、種類を問わなければ当院は重症ベッドの数だけ、人工呼吸器があるでしょう。その言い訳は通用しませんよ」

牛島もすかさず応戦する。

「ベッドの内訳は当院に任されています。とにかく一床でも多く増やしてほしいということです」

部長二人の声の間を縫うように榎田が情報を投げる。

「二床が重症病床、一床が中等症でどうでしょう」

牛島の低い声が、それで決まりと言わんばかりに会議室の地を這った。

「重症二床増やすのにどれだけ手間がかかると思ってるんだ」

この蜂須賀の一喝が会議室の沈黙を呼んだ。

ここは能勢医療センターの第一会議室。毎週月水金の十二時から行われる「新型コロナウイルス院内対策会議」の一幕である。新型コロナウイルスの治療に主に関わる救急科と呼吸器内科の医師、それから感染症管理認定看護師を含む感染症対策チームと事務方、最終決定者として院長が参加する。

祝日があれば、曜日をずらして毎週三回きっちりと行われている。今年の一月の第一回から数えて、本日は百五十回を迎える。瀧村は呼吸器内科のローテーターとして、時間があるときにはできるだけこの会議に参加するように部長の牛島から言われている。牛島曰く、ある程度の医者の数でプレッシャーをかけないと、自科に不利になるように対策が決定されるようなことがあるからだという。

瀧村が呼吸器内科を回り始めた十月は、コロナウイルス流行の谷間の時期で新規感染者も少なく、会議自体も穏やかな雰囲気で進められていた。ところが第三波が始まる十一月ごろからは、罵声が乱れ飛ぶ修羅場になることも珍しくなくなった。特に重症を担当する救急科と中等症を担当する呼吸器内科で、負担の押し付け合いから端を発した言い合いになることが多く、ひどい時には会議とは名ばかりのお互いの批判合戦になることもあった。

研修医へのパワハラが取り沙汰された蜂須賀が一時期、劣勢となったことがあったものの、救急の現場で磨き上げた、持ち前の臨機応変な物の言い回しや、ひねくれた患者を論破するそのマウンティング力で、現時点での両科の力はほとんど同じくらいだと瀧村は感じていた。もっとも、呼吸器内科の後に救急科のローテーションが控えている瀧村にとってその舌戦に加わるような勇気はなく、ここまでの人生でわずかに習得した世渡りの術を使って、会議室では黙り、会議が終われば部長に「僕もそう思います」と共感の意を伝える作戦で残り僅かの呼吸器内科のローテーションを乗り越えようと試みていた。

「院長」

蜂須賀が会議室の正面に座る初老の医師を呼んだ。罵りあいにならないよう鋭い眼光を両科に光らせながら、外科出身の独特なオーラを纏い、腕を組みながら、お互いの主張を聞いている。第三の波が長期戦になることが予想されると、お互いの科はとりあえず好きなだけ自分たちの主張を述べた後、議長である院長の采配に委ねることが多くなってきた。それが一番遺恨の少ないやり方だと、第一波から第二波までの会議を通し参加する医師たちはよくわかっていた。おそらく今日もその流れだろうと瀧村は考えていた。

「それでは一床がＩＣＵの重症用ベッド、二床が六階の中等症用ベッドでどうですか。決まらないままでは終われませんよ」

院長は眼鏡の奥の眼光をさらに鋭くして、和解を勧告する裁判長のように両科の代表に言った。

「中等症二床ですか」

　牛島が唇を噛んだ。

「中等症を増やすということは、重症化した場合のベッドも考えておかなければなりません。だから、中等症メインで今回はとりますが、重症化した場合の受け皿として、重症のベッドも一つ増床させましょう。それでいかがですか」

　院長の采配に直接異を唱えるものはいなかった。妥当な線だと瀧村も思う。牛島もおそらく中等症三床を回避するのが交渉の最低目標だったのだろう。しぶしぶ了承したように見えるが、実際は納得しているに違いない。横から見た牛島は狸のようなシルエットをしている。人を化かすのが得意そうだ。

　重要事項が決まると、あとは惰性で現状報告が行われ、会議は解散となった。


　水曜日はそのあと、呼吸器内科のカンファレンスがある。対策会議に出られなかったスタッフ、六階の病棟の師長も医局の小会議室に集まったところで、中等症二床の増床が牛島の口から伝えられた。

　会議室の壁の大型テレビには、六階のコロナ中等症病棟のベッドマップが映し出されていた。そこに示された通り病棟の個室はすべてコロナ患者で使われているから、現状大部屋を一人で使っている状態を変更し、二つの大部屋に一人ずつ入れて何とか二床の増床を確保することになった。

「この運用は今日の夜からですか？」

呼吸器内科八年目の医師、水野が牛島に確認する。

「明日からだ。院長命令で先ほど電話があった」

「看護師はどうします？　二床増床だと、今のままでは足りませんよ」

「他の病棟からの応援で賄うことになった。院長が看護局に話をつけてある。ねえ、吉田師長」

「いやいや、そんな話は聞いていないですよ」

あきれたという顔で六階の病棟師長である吉田がため息交じりに言った。

「そのうち看護部長を通して話が降りてくるんじゃないか」

「そんなすぐに二床増床なんて無理ですよ。第一、いつも上層部で話がまとまっても、結局私たちのところまですぐに降りてこないんだから」

「感染病棟派遣リストがあるでしょう」

牛島が思いついたように言う。

「ありますけど、明日からいきなりだなんて」

「明日入室の予定はあるんですか」

水野が牛島に訊ねた。

「連日感染者が増えてきているからね。そろそろ保健所から電話がかかってくるさ。そしたら明日すぐに埋まるだろうね」

「本当に増床のたびに各病棟に頭を下げに行って嫌になるわね」

吉田師長がため息を漏らした。六階はもともと呼吸器内科の専用病棟だったが、病院を挙げてのコロナ患者対応で、病棟全体が新型コロナウイルスの中等症患者専用の病棟になっている。もともとの六階病棟の看護師がそのまま看護にあたることが多いが、不満も多いため他の病棟から感染病棟派遣リストに記載順に看護師が派遣され、短期間の交代やヘルプに入ることになっていた。病床が増えると特に夜間は本来の六階病棟看護師では回らないため、リストの順番を繰り上げて追加派遣されるのである。その対応のお礼として吉田師長が毎回、派遣元の病棟に頭を下げに行くと聞く。

「派遣リストだって、逆シンドラーのリストって言われているくらいなんだから」

その話を聞いていた瀧村は、病床の逼迫という言葉が頭をよぎった。

感染ベッドが日増しに増えていく。増やしても増やしても、さらに増やすようにこれからも要請がくるのだろう。ただ、六階はもともと三十床の病棟だ。現在は大部屋に一人の感染患者しかいないから、合計十二人。中等症ベッドとして申請している数からみれば満床だが、病棟の規模から比べるとまだ頭数としては少ないように見えた。ただ、もしこの三十に近い数の患者が入院することになったら。それは想像を絶することになるだろう。ただそんなことは起こるはずがないと、瀧村は心のどこかで考えていた。

3

後期研修医としての一日は、まず朝のカルテチェックが終わると、外来があれば発熱外来や内科の初診の外来に行く。外来が終わると一般病棟の患者の回診を始める。それが終わると、六階病棟に上がって防護服に着替え、コロナ患者の回診を行う。

以前に、一般の患者を診察したときに、コロナ患者を診察した後と言ったら嫌な顔をされてそれ以来この順番にしている。基本的には患者の気持ちの問題であり、午前中の発熱外来などに出たら、結局そうは言っていられなくなる。

コロナの患者の回診も、看護師の測定したバイタルサインや看護記録を見て、指示を出すだけで終わりの人もいるが、瀧村は実際に訪室することを心がけている。まだ医者四年目で経験は少ないが、それでも医者が自分の部屋まで来てくれるのは安心感があると、多くのコロナ患者が口を揃えて語ったからだ。

基本的には上級医も瀧村と同じく患者を診る義務があるが、年少の瀧村が結局、回診して治療方針についての提案をし、それが了承される形となる。中等症の患者は重い基礎疾患がなければ、治療プロトコールはある程度決まっているので、それに沿った治療を行っていくことが基本方針だ。

コロナ禍が始まった当初は、目新しい治療を試そうと目を赤くして治療に積極的に関わった上級医も、十か月以上も経った今では、これまでと同じような患者であれば瀧村たち研修医にほとんどすべての仕事を振った。そうなると必然的に年次が若い医者になるほど患者に接することが多くなった。

毎日マニュアルが改訂されていた四月と違って、コロナウイルスについての情報が一通り集まってきたこの第三波では、感染の恐怖はある程度受け入れることができるようになってきたと思う。まだぎりぎり二十代で、体力もある。万が一感染しても自分なら軽症で済むと言い聞かせながら、感染の恐怖を頭の隅に無理やり抑え込んでいるだけかもしれないが。

しかしもっと怖いのは、自身の感染そのものよりも、自分の感染によって院内クラスターを発生させる責任の一端を担ってしまうことだった。幸いまだ院内感染は起こっておらず、当院の検査体制が比較的厳しく設定されていることが功を奏しているようだ。

だが、一寸先はわからない。大阪でも各地で、症状もなく検査をすり抜けて入院した患者が、病棟で発熱し陽性と判断されたり、陰性と判定されて入院した患者が、翌日には陽性と判定されたりして知らず知らずのうちに医療者に感染を広げ、その医療者が別の患者に接触した際に感染を広げてクラスター化する事態が相次いでおり、当院でも細心の注意をもって行動するように院長から全職員に注意喚起がされていた。

特に瀧村はコロナ患者と一般の患者の入院診療も担当しているため、その可能性は他の医師よりも一段と高い。ただ、他院で報告されているような事例は細心の注意をもってしても防ぎようがない。だから、このウイルスはまだまだ恐怖の対象として存在し、多くの医療従事者の心と体を疲弊させるのであった。

増床が決まった翌日、朝一番と昼前に保健所から病院へ二件連絡があり、それぞれ牛島のところへつなげられた。案の定、二床の中等症病床はすぐに埋まることとなった。

外来の休憩室で牛島に話を聞くと、一人はホテル療養の高齢者で、もう一人は自宅療養中の患者であった。どちらもパルスオキシメーターが示す血中酸素飽和度の値が下がり、入院の適応となったらしい。二人とも午後に救急車で当院に搬送されてくる予定とのことである。

その日の午後、瀧村は発熱外来診察室にいた。二週間に一回、内科をローテーションする後期研修医が持ち回りで発熱外来を担当することになっている。発熱外来は、一般救急患者と入口を分けられ、動線が交わらないように救急外来の隅にある診察室で行われている。この診察室はもともと救急外来にあった産科診察室なのだが、新型コロナウイルス流行に伴い感染症診察用に仕様が変わった。しかし、まだ診察用ベッドの隣には内診台が置かれており、受診する発熱患者がそれを見てぎょっとする場面を何回も見てきた。

　この日、瀧村の発熱外来を訪れたのは、十二人だった。ほとんどが五十歳代までの若い患者で、疑いがあればＰＣＲ検査を行い、翌日その結果を電話やメールで伝えるという手順で診察を行った。しかし一人だけ、七十八歳の患者が現れた。戸谷修次という患者だった。

　中折れ帽をかぶって背筋を伸ばし、姿勢をピンと伸ばして、しっかりとした足取りで診察室に現れた。椅子に座ると少し息遣いが荒いのがわかる。聞くところによると、数日前から息切れを自覚するようになり、今日になって38度の発熱を認めたという。普段、高血圧などで通院しているかかりつけ医に電話をかけると、この病院の発熱外来を受診するように言われたとのことだった。娘はいるが妻に先立たれ今は一人暮らしで身の回りのことは自分でしているらしい。周囲にコロナ感染者はいなかったが、ここまでしんどいのは初めてであり、何かおかしいと不安を口にした。

　瀧村がパルスオキシメーターで戸谷の血中の酸素飽和度を測ると、92パーセントとあまりよくない数字だった。正常であれば95パーセント以上はある。

瀧村は左右の肺の音を聴診した。左胸の呼吸音が少し弱く感じる。

胸部レントゲン写真をすぐに撮った。すると左胸に多量の胸水、すなわち胸に水が溜まっている状態であることがわかった。この状態であれば入院が必要となるため、ＰＣＲ検査とともに、迅速に結果がわかるコロナ抗原検査を行った。胸水が溜まった原因を調べるために胸部と腹部のＣＴも撮影したが、左肺が胸水で潰されており、左肺の正確な状態はわからなかった。右肺にはコロナウイルスに特徴的な肺炎像は見当たらず、それ以外の所見は腹部の画像も含めて明らかな異常は見当たらなかった。

採血検査やＣＴや心電図の検査がすべて終わるころに、コロナ抗原検査の結果が出た。結果は陰性であった。しかし念のため、個室への入院が望ましいだろう。

「戸谷さん、胸に水が溜まっていて、それが肺を圧迫して呼吸がしづらくなっています。入院して胸から水を抜き、なぜ水が溜まったのか原因を調べましょう」

採血などの検査を踏まえても、胸水の原因ははっきりしなかった。

「よろしくお願いします」

サージカルマスクをベコベコさせながら、戸谷は答えた。

マスクによってさらに呼吸抵抗が上がっている。説明はこれぐらいにして、早く胸の水を病棟で抜いたほうがいい。瀧村は入院手続きに進むよう、外来看護師に目で合図した。

「先生。ご家族への連絡はどうしますか。戸谷さんお一人で来られたようです」

看護師が戸谷の前で瀧村に言った。瀧村が口を開く前に、戸谷が答えた。

「心配いりません。一人暮らしで、家族も近くにはおりません。私から伝えておきますので、先生から連絡は不要です」

「ですが、心配されると思うので入院することぐらいこちらから伝えてもよいのでは」

「いえいえ、結構です。こちらからちゃんと伝えますので、本当に大丈夫です」

戸谷の深刻そうな表情を見て、無理にこちらから家族に連絡をするのはやめることにした。

この患者は呼吸器内科に入院となるので、現在呼吸器内科を回っている瀧村がそのまま主治医を担当することになった。担当する上級医は曜日ごとに割り振られており、月曜日入院であれば中堅医師の水野になる。水野に相談しながら、瀧村は戸谷の治療方針を決め、退院までの道筋を立てながら、診療にあたることになる。戸谷の病棟は八階の病棟に決まったと看護師から連絡があった。ここは以前の呼吸器内科のメイン病棟であった六階がコロナ中等症病棟に代わったことにより、新しく呼吸器内科のホームとなった病棟である。

残りの外来雑務を終えると、瀧村は急いで八階病棟へ向かった。水野に電話をし、戸谷の現病歴を簡潔に伝えた後、病室で胸水を抜くので指導をお願いしたいと告げた。

八階のスタッフステーションで戸谷の病室番号を確認すると、超音波の機械と胸水穿刺セットを持って病室を訪ねた。

戸谷はテレビを観ながら、静かにベッドの上に座っていた。看護師の西本がバイタルサインを測定している。

「あ、先生。今からやります？」

その西本が瀧村の顔を見て言った。

「あ、はい、早い方がいいですので。酸素飽和度はいくらですか」

「92です」

幸い、外来の時より悪化はしていなかった。しかし、戸谷はベッドの上に座りながら、肩で呼吸をしている。

「準備しますね」

西本が手早く戸谷の病衣を脱がせ、左の手を万歳させながら、肋間を開かせる。

その開いた肋間に、超音波を当てながら、安全に針をさせる位置を確かめ、マジックで穿刺点をマーキングした。次に、穿刺セットの中の消毒綿を取り出して、戸谷の肋間に大きく「の」の字を書き、消毒の範囲を広げていく。

「冷たい」

戸谷が顔をしかめた。

「すみません、これ消毒です。今から麻酔をして、胸の水を抜く管を入れますね」

瀧村は清潔手袋をつけると、滅菌ドレープを戸谷の肩から腰のあたりまで掛け、その真ん中あたりにハサミで丸く切り込みを入れた。ドレープに開けた穴から目的のマーキングの場所が見えた。ちょうどその時、水野が病室に来た。

「先生、一人でできそう？」

「はい、大丈夫だと思います」

すでに五回以上は同じ手技をしていて自信がある。

「じゃあ、俺、ムンテラによばれちゃったから、任すね」

そう言って水野はすぐにその場を離れた。

「先生、何でもいいから早くやってくれ、腕がつらい」

戸谷が悲鳴にも近い声を上げた。

「すみません、では麻酔です」

その後、胸水を抜くためのドレナージチューブが挿入されると、戸谷の左胸から勢いよく、淡い黄色がかったさらさらとした液体が、横のベッド柵に吊るされた透明の廃液バッグへと流れた。

「戸谷さん、胸の水は順調に抜けています、少し息苦しさも改善してくると思います」

チューブ以外のものを汚染室に片づけ戻ってくると、廃液バッグには５００ミリリットルほどの胸水が溜まっていた。戸谷の腕を降ろしてみても、体勢の問題か少しだけ勢いは弱くなるが、まだまだしっかりと出続けている。

「先生、確かにちょっと呼吸が楽になったよ、ありがとう」

隣の患者のバイタルサインを測っていた看護師にパルスオキシメーターを借りて測ると、98という値だった。これなら正常だ。胸の水がなくなって、その分のスペースに肺が膨らんで呼吸が楽になっている。瀧村は治療が奏功したことに安堵した。

「西本さん、あと一リットルになったらクランプするので僕を呼んでください」

瀧村は西本に伝えて病室を後にした。

スタッフステーションに戻り電子カルテ端末で戸谷のカルテ記載をしていると、やはり処置を行ったことも含めて一度家族に説明をしておいた方がよいと思った。電子カルテの個人情報のページから緊急連絡先を見ると、娘の戸谷瑛子という名前があった。外来の看護師が入れてくれたのだろう、携帯電話の番号も入力されている。

スタッフステーションの固定電話からその電話番号に電話をかけようとしたときに、瀧村のＰＨＳが鳴った。慌てて固定電話を切り、ＰＨＳに出た。西本からだった。

「先生、排液が１０００ミリリットル出ました」

「わかりました」

カルテ記載を一時保存して、戸谷のところに再度訪室した。

廃液バッグを見ると、廃液量が１５００ミリリットルのところまで来ていた。瀧村は一瞬目を疑った。

「１５００になってますけど」

まだ近くにいた西本に声をかけた。

「え？　何か。５００抜いて、あと１０００抜いたら連絡してってことでしょ」

「あ、いえ、違います。トータルで1リットル抜いたらって意味だったんですが」

隣の戸谷を一瞥した。呼吸が楽になったことで、こちらの指示ミスのことについても不安げな様子は一切ない。

「まあ、多く抜いた分にはいいんじゃないの？　これが肺を圧迫していたんでしょ。おかげで随分楽になったよ、先生」

戸谷が瀧村の困惑を見透かしたように微笑んだ。

「まあ、ちょっと多いですけど１５００でも恐らく問題ないと思うので、このまま経過観察しましょう」

「わかりました。何かあったら報告します」

西本を残して瀧村は部屋を出た。腕時計を見ると、時刻は午後二時を回っていた。早めにコロナ病棟の回診をしておきたいと思った。

六階の感染病棟に着くと、いつも異様な雰囲気がある。去年まで明るかったエレベーターホールの前も、病棟につながる通り道には関係者以外立ち入り禁止の文字がパーテーションに大きく張られ、人の行く手を阻んでいる。その脇のスタッフ入口から入ると、すぐにグリーンゾーンと緑色のテープで書かれた床の目印が見える。グリーンゾーン側の六〇一号室は、医療者が防護服に着替えるスペースになっている。ふと目をやると感染病棟に立ち入るスタッフ全員のN95マスクが吊り下げられているのが見えた。窓から注ぐ傾き始めた陽の光で幾多のマスクが光を放つやけに幻想的な場所になっていた。

グリーンゾーンは奥のスタッフステーションまで続いており、ここまでが清潔領域である。ここでレッドゾーンと薬や器材などの物資のやり取りが行われる。

このフロアの病室はすべて入口の扉が占められており、個室管理となっているため、グリーンゾーンとレッドゾーンの間に物理的な壁はない。しかし、レッドゾーンにいる医療者は全員防護服とN95マスク、フェイスシールドをつけた物々しい格好をしており、それはいつもテレビで特集しているような最前線の光景そのものである。毎日この病棟に来る瀧村も依然としてテレビの中に迷い込んだ感覚になる。テレビの中で起こっていることはどこか遠い国の医療現場の話で、この病院には関係のないことだと信じたい気持ちが時に沸き起こることもあるが、こうして実際の現場で働く同じ医療者を見ると目を覚まさざるを得ない毎日なのである。

　スタッフステーションで、電子カルテ端末にアクセスし、担当のコロナ患者の今日の状態をチェックした。受け持ち患者のタブをクリックすると、三人の患者の名前が入院日順に上からリストとして表示された。

　現在、院内のコロナ中等症患者はここ六階病棟に入院することになる。数だけでいえば、現在は十四人の患者が入院している。そこにＩＣＵの重症コロナ病床四床で合計十八床が稼働している状況だ。

　受け持ち患者の数だけでいえば三人だが、負担は軽いと言ったら嘘になる。

　担当として受け持つ三人は、現在病状が安定しているとはいえ、いつ重症化してもおかしくはない状況であるし、診察だけではなく家族への病状説明や検査のオーダーなど、細かい作業がとにかく多い。三人のカルテをざっと見終えると、瀧村は先ほどのグリーンゾーン入口にある防護服の着衣室に行き、部屋にある大きな姿見の前で防護服を着た。部屋を出る前にＮ95マスクにもう一度漏れがないか、大きく息を吐いてチェックした。

鏡に映る自分の姿にも、もうすっかり慣れてしまった。一年前までは、防護服は家畜が伝染病にかかったときに獣医や保健所の職員が着るものだと思っていた。ニュース映像の中の人が着ているこの服を、自分も身に着けるなんて想像もできなかった。しかし今は社会が大きく変わり、一日に三回も四回も身に着ける日だってある。違和感の塊だったこの服も、いまではユニクロのTシャツぐらい着ていることが日常の一部になっていた。ただ、やはりレッドゾーンに入るときの緊張は未だに抜けない。フェイスシールドから覗く少し歪んだ視界は、その緊張をさらに上乗せする。

去年は何気なく出入りしていたこのスタッフステーションと病室の廊下との境界に、今は目には見えない一枚の保冷カーテンのようなものが存在しているように思える。

瀧村は呼吸を整えて、その目には見えないカーテンをくぐりレッドゾーンへと入った。

担当患者の一人目、相川の部屋の扉をノックする。ゆっくりと扉を開けて入室すると、テレビの大きな音が聞こえてきた。個室なので、音量を気にする必要がない。

「先生、お疲れ様」

「お疲れ様です。どうです、息苦しさは？」

相川の鼻には経鼻酸素のチューブがついており、時間あたり3リットルの酸素が鼻の穴に向かって流れている。糖尿病の基礎疾患があり、家では薬を度々飲み忘れるコンプライアンスの悪さが原因なのか、入院してきたときには血糖値は四百近くもあった。

「今日はましやね。それより大阪の今日の感染者数、三百人だと」

そう言って相川はテレビを消した。

「多いですね」

「早めに罹ってよかったわ、もしかしたら入院の順番待ちをせなあかんかったかもしれへんからな」

「病床が少なくなっていますからね、病院にとっては今は本当に踏ん張り時ですよ」

病衣を少しずらして聴診器で胸の音を聞き、病的な肺が出す雑音を聞き分ける。

聴診が終わると、相川が病衣を整えながら頭を下げた。

「先生には本当に感謝や、ありがとう」

「はやく良くなるといいですね」

投与している酸素の量はこの二、三日で増えてはおらず、症状の増悪はない。レムデシビルの投与なのか本人の回復力のおかげなのか、相川はこのまま現在の治療を継続していけばよさそうだ。

瀧村はこれ以上の会話を避けて部屋を出た。目的は雑談ではなく、診察だ。関わりは最小限に留めておく必要がある。

「瀧村先生ー」

部屋を出るとそれを待っていたかのように廊下の先のスタッフステーションの方から瀧村を大声で呼ぶ声が聞こえた。

小走りで近寄ると、グリーンゾーンの看護師が慌てている。

「どうかしました？」

「八階の戸谷さんって患者さん、急に酸素化が下がって呼吸が苦しいって言っているみたいです」

急いで八階に戻り、戸谷の病室を訪ねると、戸谷は外来で会ったときのように肩で呼吸をしている。酸素も呼吸不全の患者に付けるようなマスク型の酸素に代えられていた。

「先生、さっきから酸素化が低下して、今マスクで酸素6リットルです」

部屋にいた西本看護師が戸谷の指先に付けたパルスオキシメーターを何度も確認しながら状況を伝えた。そこに示される血中酸素飽和度は92パーセントから93パーセントあたりをうろついている。

瀧村は自分の聴診器をアルコール綿でしっかりと拭いたあと、戸谷の胸壁に当てた。

ゴボゴボという水泡音が聞こえる。間違いない。再膨張性肺水腫だ。

「動脈血の採血の用意と、それからCEさんにもお願いして、ネイサルハイフローも準備お願いします」

西本は頷いて部屋を出た。戸谷が不安そうな表情を浮かべる。

「戸谷さん、今息が苦しくなっているのは先ほどとは別の理由です。胸に、正確には肺に水が溜まってしまっているからなんです」

「別の理由？　同じところに、溜まったわけではないんですか」

「はい、再膨張性肺水腫と言って、ずっとしぼんでいた肺が膨らむときに、その膨らむ肺の小さな空気の穴に水が溜まって呼吸が苦しくなるんです」

理解したというほどすっきりとした顔ではなかったが、戸谷は頷いた。

「治療として、特殊な酸素吸入器をつけてもらいます、あと申し訳ないのですが、尿の量を測るための管をいれさせてください」

「なんだか、おおごとだ、な」

戸谷は息を切らしながら顔を歪めた。

看護師が尿バルーンの準備をしていると、臨床工学士がネイザルハイフローという特殊な酸素投与器を病室に持ち込んでくれた。通常の酸素投与の方法よりも、高濃度で高流量の酸素が投与できる。見た目は人工呼吸器に近い機械だ。

　戸谷の鼻の酸素チューブをネイザルハイフローに替え、尿バルーンを挿入し、点滴から利尿薬を投与すると、水浸しだった肺に酸素が徐々に行き渡ったようで、戸谷の血中酸素飽和度は数分のうちに正常域近くまで持ち直した。呼吸の回数も落ち着いてきており、呼吸の苦しさもやや緩和されたようだ。

　尿が溜まるウロバックを見ると、２００ミリリットル弱の排尿があった。利尿薬の効果で体内の偏った水分バランスが整えられていく。

　戸谷の表情が柔らかく解け、血中の酸素飽和度が正常域でしばらく安定したのを確認して、瀧村は部屋を後にした。

　部屋を出ると、先ほどの臨床工学士が廊下に立っていた。

「先生、ネイザルハイフローどれくらい使いそうですか」

「どれくらい？　長くても明日の朝にはとれるとは思いますが」

「そうですか。それならよかった」

「どうかしましたか」

「いや、コロナ病棟の患者さんで、この機械を近日中に使うかもしれないという人が複数いて、あまり長く使うということになると、機械の数が足りなくなるかもしれないと思ったんです」

　瀧村はそもそも院内にこの機械がどれだけあるかなど、考えたこともなかった。これまでは頼めばいつでもすぐに使える状態で用意されていたからだ。

今それがいかに恵まれた状況であったのかを思い知らされた。適応があれば使う。それが医療の常識であるとさえ思っていた。そんな状況がひっくり返されようとしている。

使いたいときに使いたい物がない。それは時に患者を致命的な状況に陥らせる可能性がある。実際にアメリカでは感染爆発で人工呼吸器が足りなくなったことがあり、二人で一つの人工呼吸器を使ったことがあったという。しかし、人工呼吸器はもともと患者一人に一台の設計でしか作られていない。それはどちらの患者が助かりそうかを見極める時間稼ぎに過ぎない。そのとき、人工呼吸器は患者を助けるための道具であると同時に、治療への反応が乏しい患者を見放すための道具にもなる。そんな極限の状況の中でも医者は自分の選択に責任を負わなければならない。ただ、患者を助けられなかった責任はどう負えばいいのかは実際のところわからない。

ここは日本だ。日本だから大丈夫というような安心感が瀧村の心になぜか漠然と湧いてくる。おそらく多くの日本人もそう思っているのではないか。だがそれは日本は大丈夫だろうという根拠のない思いを多くの人が同じように抱いているという安心感でしかない。

瀧村の脳裏に海外のニュース映像が流れた。病院に入院したくてもできない患者が、病院の受付で門前払いをされている映像である。いつか日本でも入院をしたくてもできない患者が市中に溢れてしまうのではないか。病院の廊下を歩きながらそんなことを想像していた。

4

感染病棟に戻り、再び防護服に着替えると、残ったコロナ患者の二人を回診した。

まずは武藤という男性の患者だ。昨日一度目の陰性が確認できている。酸素投与も終了しているし、退院も近いだろう。

「退院したら、俺は無敵だよね、先生。もう罹《かか》ることもないわけだから、ぶっちゃけマスクしなくても大丈夫でしょ」

「いや、そう言うわけにはいかないのです。抗体ができていたとしても罹るかもしれませんし、今は変異株といってもっと感染力が強いウイルスが世界で見つかっています。あなたが罹るか罹らないかは別として、とにかく一人一人の心がけが重要ですので、感染対策の基本は、家に帰っても続けてください」

正直なところ瀧村にもよくわからない。一度罹ってしまえば確かにしばらくは罹らないのだろう。しかし、それでマスクを外す人が多くなってしまえば、社会全体の感染制御の意味合いが薄れてしまう。それで爆発的な感染を引き起こす事態となれば、最終的に困るのは患者の側だ。局所的な大災害でもない限り、医療者はベッドの数以上は患者を診る義務はない。この国では、廊下にストレッチャーを並べて、押し寄せる患者を廊下に寝かせておくようなことはしないのだ。患者のためにという使命感はベッドの数だけしか用意されていない。だからこそ病床数というその数字が人命救助のためには極めて重要なのである。

最後の一人は、竹若という患者だった。

訪室すると、おびえたような目でこちらを睨んできた。顔にはサージカルマスクの上から酸素投与のためのマスクが載っている。

「調子はどうですか」

「調子？　良いことないで。さっき来た先生が、酸素の量を上げていったわ」

「さっきの先生？　水野先生ですか」

「そう、水野先生。防護服に水野って確か書いてあったな」

ベッドの頭元につけられた流量計を見ると、投与酸素の値は5リットルになっていた。今朝までは記録上3リットルだったはずだ。

「先生、俺どうなっちゃうの」

ベッドシーツを右手で握りしめながら竹若は言った。年齢は瀧村の二回りほど上、五十四歳のはずだが、恐怖を語るとかなり幼く見える。

「責任もって治療をしていますから、安心してください」

そう言うのが精一杯だ。このまま峠を越して良くなるか、重症化して人工呼吸器につながれるかの実際は二択である。

「テレビを観るのがな、どんどん怖くなるんや。毎日の死者数、増えてきているんよ。俺もそのうちの一人にカウントされるんちゃうかって」

「そうならないように治療を続けましょう。気持ちを強く持たないと」

年齢が半分ほどしかない若い医者が励ますことに、逆に気を悪くしないかと心配になる。

「そうだよな、わかってはいるんやけど。これまでの人生、そんなに悪いことしてきていないと思うんやけどなあ」

「また明日も来ますね」

そう言い残して病室を出た。竹若の病室ではどうしても滞在時間が長くなる。アイパッドを通しての診察もできるのだが、瀧村が話を聞かないと頻回にナースコールを押して話し相手を求め、看護師の手間を煩わせるため、瀧村の接見が重要なのだ。

ネイザルハイフローをつけるかもしれないのは、竹若かもしれないと、彼のマスク姿を見て思った。とにかく病状のピークを越えるまでネイザルハイフローでも何でも使って粘るか、さっさと人工呼吸器をつけてしまうかが、このウイルスの治療ではターニングポイントになってくる。

回診を終えて一方通行となった病棟の出口へ向かう。脱衣所となった六三一号室に入り、表側に付いたウイルスを拡散させないように慎重に防護服を脱いだ。部屋の窓から外を見ると、辺りは暗くなり始めている。

　一日がものすごく早いと感じるのと同時に、防護服を着ていると時間が長く感じる。脱ぐたびに思うのは、こんな世界に誰がしたんだというやり切れなさだ。ただ、そんなことを言っていても感染者は減らない。明日に持っていけない思いはすべて、防護服と一緒にバイオハザードのゴミ箱に捨てた。

　院内のシャワーを浴び、手を十分に消毒した後、瀧村は再び戸谷の元に戻った。

　ネイザルハイフローの機械はすでに取れて、通常タイプの経鼻酸素が2リットルほど流れていた。聞けば、上級医の水野が変えてくれたという。ここでも先を越されてしまった。戸谷は雑誌を読んでいた。息が苦しそうな素振りはない。

　ベッドサイドに吊られた排尿バッグを見ると、この一時間足らずで、８００ミリリットルほどの薄い尿が利尿薬の作用で出ていた。肺の中の水分が減り、まさに溺れているような状態から劇的に改善をしたのであった。治療の効果が十分でていることを戸谷に告げて、瀧村はその場を後にした。

　研修医室に戻ると、一日の疲れが今になって瀧村の体を襲った。研修医室の奥、電子カルテ端末が並ぶ机の後ろのソファに腰を下ろし、携帯で五分のタイマーをかけて目を閉じた。意識が薄れて眠りに落ちそうになったとき、アラームが鳴ってその五分はあっという間に終わった。今から、この一日に起こったことを電子カルテに記載していかなくてはならない。

　重い腰を上げて電子カルテ端末の前に座ると、タイミングを見計らったように神津が横に座って話しかけてきた。神津明宏は瀧村と同じ学年の外科の後期研修医だ。

「瀧村、お疲れ。お前、発熱外来ってやっていたよな」

「発熱外来？　うん、今日もやったけど、それがどうした」

「俺、来週初めての発熱外来になったんだけど、やり方教えてほしいんだよな」

「神津が発熱外来？　そうかそう言えば外科にもとうとう出番が回ってきたんだな」

　ここ最近の感染患者急増を受けて、発熱外来を拡充し、一日あたり三十人以上の診察体制を敷くことになった。そのため、内科だけでなく外科からも発熱外来の診察に若手から人員を出向させることになったのである。

「結局あれって何すんの？」

「いや、まず調べてから聞いてくれよ。院内のイントラネットにマニュアルが載っているだろ」

「まあ、そうだけど、わかっている奴に話を聞いた方が早いかと思って」

「ちょっと今日はいろいろあってこれからカルテ記載なんだよ。申し訳ないけど、別の奴に聞いてくれないかな」

「まあ、そういわずに同じ大学で一つの釜の飯を食った仲じゃないか」

「まずはマニュアルを読んでくれよ。それでわからなかったら、聞いてくれ」

「ソファで寝てたから時間あるかなと思ったんだよ」

「うるさいな、寝てたんじゃなくてちょっと目を閉じてただけだよ。どっか行ってくれ」

「なんだよ、お前らしくないな」

神津は席を立ちあがって、後ろのソファに勢いよく座った。

マニュアルも毎日のように変わっていく。今日瀧村が発熱外来をしたときのやり方とはすでに変わっているかもしれない。自分でも追いついていないのだ。だから自分でチェックしてほしい。

「そもそもなんで外科の俺が発熱外来なんて内科の仕事をやらないといけないんだよ」

電子カルテの画面に神津のとぼけた顔が反射して映る。

「いやいや、もう内科も外科も関係ないんだよ。総動員なんだ。まだ俺たち後期研修医じゃないか。偉そうな口きくなよ」

「外科はオペするのが仕事なんだよ。メスを持つのが仕事なんだ。綿棒持って鼻の奥に突っ込むのは、外科の仕事じゃないよ」

本当に呆れた事を言う奴だ。キーボードを打つ指に力がこもる。

「受診控えで外科の患者も少なくなっただろう？　その分、内科の負担を減らしてくれよ」

「助けてほしいんなら、発熱外来のこと教えてくれよ」

瀧村は振り返って神津を睨みつけた。

「教えてくれじゃないいんだよ、こっちだっていっぱいいっぱいなんだから、自分でなんとかしてくれ」

「わかったよ、別の奴に聞くよ」

ソファから立ち上がった神津は研修医室から出て行った。

5

翌日、瀧村が朝早く八階を訪れると、戸谷が穏やかな顔でいた。

「先生、すっかり良くなったよ」

戸谷の酸素チューブは外れており、酸素投与なしでも酸素の血中濃度は正常であった。

「よかったです。昨日は色々とすみませんでした。最初に胸の水を少し引きすぎたようです」

「引きすぎて悪くなることもあるんだな。まあ、先生の勉強になったんだったら、それでいいよ」

「すみません、1・5リットルぐらい引いただけでは、通常はこんなことにはならないのですが、注意深さが足りなかったかもしれません」

「まあ、人間だれでもミスはあるよ」

面と向かってミスと言われると、返事に困った。説明が足りなかったこと、不注意だったことは間違いない。

「昨日抜いた胸水の結果がわかったら、またお教えしますね」

「わかった、ありがとう」

戸谷は眼鏡をずらすと、軽く会釈した。

何度も訪室すること、何度も説明することが誠意を伝える一番の方法だ。後期研修医になったとき、各科の部長が教えてくれた言葉の本質はほとんど同じだった。合併症はどんな医者でも起こす。だから起こったときの対応が一番大切なんだと。合併症をミスと思うかは患者によって全然違う。事前に十分説明していたとしてもだ。しかし、それまでの対応や合併症をどう責任をもって治療するかを繰り返し伝えることで、最終的に医師と患者の信頼関係が維持されるか、崩壊するかが決まるのだと。

後期研修医は初期研修医とは比べものにならないくらいの責任を持つ。その責任をやりがいとして受け入れることができるかが、後期研修の期間中に医師として成長することとつながっているのだ。

いつもの回診の順番通りに、瀧村はコロナ病棟に向かった。

今日は武藤の退院があった。発熱などがないことを確認し、退院の許可を出した。残りの二人の回診を終えて防護服を脱ぐと、牛島から電話があった。

「瀧村、保健所から中等症患者一人受けたぞ。担当してくれるか？」

空いたベッドが一日空いていることなどないのだ。武藤のいなくなったベッドが午後にはもう埋まることが、この電話で明らかになった。

「わかりました。どこからですか？」

「ホテルからだ。今、酸素5リットルで90パーセント切っているらしい」

「結構、重症ですね。救急外来経由でいいですか」

「ああ、よろしく頼む。各所には俺から伝えておく」

電話を切ると瀧村は救急外来へ向かった。

瀧村は救急外来で忙しく立ち回る看護師のリーダーである結城を捕まえて、中等症入院のプロトコールを発動する旨を伝えた。

「今から受ける？　そんな話聞いてませんけど？」

目元だけでも美人だとわかる結城の顔が引きつる。男性研修医からも推しが多い結城だが、忙しすぎると愛嬌をなくすのがもったいないとよく言われているのを思い出した。

「プロトコール通り、牛島先生から救外師長に連絡がいっているはずですけど」

「その師長から連絡がまだ来てませんね」

そのとき、リーダー看護師のＰＨＳが鳴った。結城は機嫌悪く電話に出た。

「それ、瀧村先生にいま直接聞きました。師長、もう少し早く電話もらえないですかね。隔離室で今、隔離中の患者がいるんですよ。はい、抗原検査待ちです……わかりました」

電話を切った結城は深くため息をついた。

「本当にもうぐちゃぐちゃ。隔離室にね、今コロナ疑いの患者がいるんですよ。抗原検査待ちで、もうちょっとかかりそう。もし陽性だったら、手詰まりだわ」

瀧村にはなすすべがない。こういうときには、黙って聞いているのが一番だ。

テーブルの上にある救急搬送受け入れ電話が鳴った。

「リーダー、ホテルからの救急車あと十五分で着くそうです」

近くにいた看護師が電話に出て、リーダーに伝えた。

「あと十五分？　もっとゆっくり来るように言って」

「ゆっくりですか。救急車ですよ」

「来ても入れなかったら意味ないじゃない。他にも患者さんいるんだから、そんなすぐ救外に入ってこられちゃ困るの」

救急搬送用の電話に出た看護師が、救急外来の状況を伝えて、受け入れにしばらく時間がかかると伝えた。病棟の看護師も一人降りてきたが、事態をうまく呑み込めない。

瀧村はひとまず、黙って防護服に着替えた。

院内のコロナ対策マニュアルには、中等症や重症受け入れの際の標準手順であるプロトコールが作成されている。これまでいくつもの試行錯誤を経てブラッシュアップをされているのだが、完全に思い通りにいくことはないようだ。

コロナ陽性の患者は、一般患者との接触を防ぐため、救急外来へと入る動線を分けてある。コロナ患者は裏口から救急外来にある隔離室に一直線に入ってくる。隔離室の前の廊下には、衝立が設置され、それよりこちら側は一般患者の診察エリアとなっている。隔離室は、一般患者でもコロナ陽性が疑われる場合は、一般の搬入口から隔離室に移動し、そこでコロナウイルスの抗原検査の結果が出るまで待機する。

防護服を着替え終わって、プロトコール通り裏口に向かう瀧村に、結城が近寄ってきた。

「先生も覚えておいて、プロトコール通りって言葉はね、平時のときしか使えないのよ。特に救急外来みたいな、いつ何が起こるかわからないところで、そんな決まった手順が踏める訳ないじゃない」

結城の言葉に、僕に言われてもと言いそうになる口をぐっと堪えて静かに頷いた。

その時、先ほどの搬送用電話が再び鳴った。

「結城リーダー、救急隊からで救外前に着いたそうです」

「ちょっと待つように言ってくれる？」

「わかりました」

看護師が救急隊に伝えて受話器を置いた。瀧村は腕組みした。ここはまさに戦地だった。目の前で、多くの人間が上官の統率の下で自律的に行動している。現病歴のはっきりしない意識障害の患者もいれば、昼間から酔っぱらった患者もいる。どこに隠れたコロナウイルスがいるかもわからないままに、時に大量の飛沫を浴びながら、患者の手当をしているのを見て、ここも最前線という言葉がふさわしい場所であることが身に染みてわかった。

「リーダー」

遠くから走ってきた別の看護師が結城を呼んだ。

「今度は何？」

「検査科からで、隔離室の患者さん、抗原検査陰性だそうです」

その声が救急外来に響いた。

「隔離室の患者さん、は、隔離解除！　中にいる人に伝えて」

結城は続けてすぐに指示を出す。

「その患者さんを処置ベッド２へ移動させて」

瀧村はベッドの移動を手伝った。

「瀧村先生、ホテルからの患者さん、先にＣＴでもいいですか」

「大丈夫です」

「ＣＴの間に隔離室使えるようにしておきます」

裏の搬入口があき、ＣＴと隔離室までの動線が確保された。

「搬入できます」

遠くから結城の声がする。

搬送口が開き、防護服をまとった救急隊員たちがストレッチャーに乗せた患者を運んできた。

「現在、酸素５リットルで89パーセントです」

思ったより悪いなと、瀧村は思った。

「まずは、ＣＴへお願いします」

ストレッチャーに並走して、瀧村は患者をＣＴへ誘導した。

「１、２、３」

ＣＴの撮影台に患者を移動し終えると、一旦患者を残してＣＴの操作室に移った。

透明なガラス越しに、モニターにつながれた患者の様子が見える。

部屋の酸素につながれているものの、酸素飽和度は80台と90台を行ったり来たりしている。

CTが映し出したのは、両方の肺が、白いすりガラスのような網状の陰が多発する新型コロナウイルスに特徴的な画像所見だった。

画像を確認していた瀧村に、救急隊の隊長が近づいた。

「先生、救急隊はこれで引き揚げます。搬送書類に書くのでお名前をおうかがいできますか」

「内科の瀧村です。難しい方の瀧に村、下の名前は信一郎です」

「瀧村信一郎？」

「そうですが」

マスクとフェイスシールド越しに、その救急隊員が驚いたような表情を浮かべているのがわかった。

「船岡です。船岡信也」

その自己紹介を受けて、瀧村の脳から一気に記憶が引き出された。

「船岡信也？」

瀧村は驚いた。幼馴染とこんなところで出会うとは。

「そう、敷島小学校で一緒だった」

「本当にあの船岡なのか」

瀧村はにわかには信じられない思いだった。なんと言葉をかけたらいいのかわからなかった。

「先生、CT終わりましたよ」

放射線技師の言葉に、目の前の世界に呼び戻された瀧村は、操作台の上にあったメモ用紙に自分の電話番号をメモして船岡に渡した。

「今の連絡先。必ず連絡して」

「オーケーです」

そう言って船岡はCT室を離れた。


シーツや薬剤が交換された隔離室に戻り、点滴ルートの確保や採血を行った。その間、できる範囲で簡単な問診が行われた。

患者の名前は森山雄介、五十五歳。基礎疾患は、高血圧と糖尿病。タバコは二年前まで一日二十本。感染経路は不明。五日前に陽性と判明。保健所の指示でホテル療養となった。幸い家族に陽性者はいなかった。

「先生、よろしく頼みますよ」

森山にはまだ、言葉をしゃべる余裕があった。酸素飽和度が90台を切っている状態だとは思えない。これがコロナウイルスの不思議なところだ。

「はい、瀧村と言います。よろしくお願いします」

緊張からなのか、ウイルスが飛び散らないように気を遣っているのか、森山は挨拶以外の言葉を発しなかった。

六階の感染病棟から救急外来に連絡が入り、入室の許可がリーダーの結城経由で伝えられた。院内のアナウンスで、患者搬送コードであるコードグリーンが鳴らされた。

コードグリーンがかかると、コロナ患者と職員や一般患者との接触を防ぐため、救急外来からICUや六階の感染病棟への患者搬送通路に、関係者以外が立ち入るのが禁止される。動線の交わるところには、事務員が配置され、迂回をするように通行者に声をかける。

ストレッチャーを押しながら救急外来から人気のない通路を抜けて、エレベーターに乗り、六階へと到着した。

部屋に入るとこれからの注意事項や治療方針を端的に説明して、その場を離れた。

今日、瀧村の患者が退室した部屋に、また新しい患者が入った。新型コロナウイルスの流行期にはこの繰り返しが延々と続いていくのだ。まさに終わりが見えない。

防護服を脱ぎ、汗で曇ったフェイスシールドと、内側が湿気でびっしょりとなったN95マスクを脱いだ。スタッフステーションで、森山巌の家族に電話をした。電話の向こうで妻の森山佳代が出た。

「能勢医療センターの内科医師の瀧村です」

自己紹介をして、これからの治療方針や急変時の対応など、何度も話した話をまな板に水を流すように話す。家族の反応は様々だが、多くは不安を訴える。

面会が一切禁止されており、無理もない。家族も陽性者であったりすると、ホテルから酸素を吸いながら、電話を受けるものもいる。

治療同意者や、身体拘束の同意書に代筆してサインをすると、近くの看護師に渡した。

「先生、今入ってきた人、結構重症に近くない？」

「近いですね。糖尿病もあるし、重症化のリスクも高いと思います」

「中等症っていってもほとんど重症やね」

その看護師の言葉に瀧村は大きく頷いた。

数字だけを見れば、酸素飽和度80台というのは、日常診療ではありえない数字である。一年前までは、そんな人が病院を受診したら、すぐさま集中治療室行きでも全くおかしくなかった。瀧村が治療をしてきたこれまでの患者のほとんどは、酸素を吸って90台前半から後半という患者がほとんどだった。それが、現在はおそらくホテル療養の患者の重症度が底上げされているのだろう。今後さらに感染者が多くなると、ホテルや自宅で急変する可能性も出てくるのではないだろうか。今年の終わりまで約十日。落ち着いた年越しは迎えられそうにないなという予感が心の中に沸々と浮かんできた。

6

その日の夜、残りの仕事を素早く切り上げて家に帰ると、シャワーを浴び夕食を食べ終えた九時過ぎに船岡から電話がかかってきた。

「瀧村か？　今日はびっくりしたよ」

「こっちもだよ」

「いや、偶然会ったこともびっくりしたけど、まさか本当に医者になっているとはなあ」

「運もあったよ。実力だけじゃあ、厳しかったかもしれない」

と言ったところで自分の失言に気がついた。

船岡は母子家庭育ちだった。父親は消防士だった。しかし、父親は船岡が中学生の時に火災現場で、崩れた建物の下敷きになり殉職していた。

船岡に自分と比べて運がなかったと言っているように聞こえてしまったかと、自分の発言を撤回したくなった。

「いや、実力だろう。小学校のころから、成績はずっと優秀だったじゃないか」

「勉強するのはそこまで嫌いじゃなかったからな」

「やはり医者になるには相当の勉強が必要なんだろうな」

「まあ、医者になってからも毎日が勉強だよ」

　瀧村は言葉を選んだ。救急救命士も命を救う仕事である。しかし医師に比べて法律で定められたごくわずかな処置をすることしか許されていない。それも多くの場合は医師の指示のもとに施行が許される処置だ。命を救えば救うほど、救えなければ救えないほどに、医師という職業に対しての憧れやわだかまりが出てくるのではないかと瀧村は勝手に考えてしまう。以前は対等であった二人の関係も、一方が仕事において指導的立場に立ってしまっていると、何か話しにくさを感じた。その証拠に船岡の特徴だった大阪弁が鳴りを潜めている。

「俺も医学部に受かる地頭があればなあ」

　船岡が漏らした言葉に、瀧村は適当な返しが見つからなかった。

　ただ、医師は憧れだけでなれる職業ではない。特に母子家庭で育ち、医学部に合格しようと思ったら並外れた努力でいくつもの壁を倒さなければならない。

「久しぶりすぎて何から話していいかわからんなぁ。お母さんは元気か」

　瀧村は、船岡の母の顔を思い浮かべた。小学校から中学校まで船岡のうちに遊びに行けばいつも気さくな笑顔で迎えてくれた。船岡の優しい目は、母親譲りだった。

「元気さ。大阪でのんびりとやってる。そっちは」

「こっちも元気でやっているよ。救命士になったんだな」

瀧村は触れない訳にはいかない話題を出した。

「うん。やっぱり、親の背中を追いたいと思ったわけじゃないけどな。自分のなれる範囲の職業で、人のためになる仕事を考えていたら、ここに行きついただけだ。でも救急救命士になるには消防士にならないといけないから、結局は親父と同じ道を選んだってことになるな」

「消防の仕事もするのか？」

「今は大きな消防署にいるから、救急車にしか乗ってないよ」

それを聞いて瀧村は内心ほっとした。

「大阪の救急隊は大変そうだな」

「そうかな。他の都市で働いたことがないから正直わからないけれど、大阪だから大変だってわけでもない気がするけどな」

「たこ焼きをのどに詰まらせたとか」

「ないないそんなの。餅とかだよ、普通。たこ焼きしか食ってないと思ってないか」

「いやいや、ごめん。初期研修が終わって大阪に来るときに、前の職場の同期からタコ焼き器もらったんだ、こっちじゃ一人一台が常識だって」

「そんなことないよ。俺持っていないし」

船岡が笑って続けた。

「じゃあ、コロナ禍が終わったらタコ焼きパーティーでもしないか」

「いいね、やろうか」

瀧村が同意する。

「でも費用はちゃんと折半な。公務員の規則に引っかかるから」

「プライベートでもか？」

「瀧村は、病院関係者だからな。たこ焼きでも、高級寿司でも、公務員倫理に抵触するかもしれないから、そこはきっちりやろう」

「そうなのか。大変だな、公務員って」

「いやいや、医者の方がもっと大変だとは思うけどな」

「まあ、基本的には毎日同じことの繰り返しだからな。外来をして、入院患者の検査や点滴のオーダーをして、家族に説明しての繰り返し」

「それでもありがとうって最後には言ってもらえるんだろう」

「まあ、そうかな」

「それ、すごくありがたいことだと思うけどな。俺たちは、運び屋だからありがとうなんて言ってくれる人は少数。最近は受け入れまでの時間がかかるし、発熱患者はどこの病院に運んだとしても、なんでこんな患者運んで来たんだよって目で見られる」

「ベッドが少なくなってきているからな。どこも受け入れに消極的にならざるを得ないんだよ」

「車内では36度台だったのに、病院に着いた後の検温で37度を超えていた時なんて、嘘つきを見るような目で見られたこともあったからな」

「今は本当に大変だよな」

瀧村は唇を噛んだ。

「早くこのコロナ禍が過ぎてほしいよ。まあ、でも大変なのは患者さんの方だけどな。最近は病院が決まらずに何時間も車内で待つこともあるし。それでも酸素を流すしかできないんだよな。俺は医者じゃないし」

「でも医者でも同じだよ。実際は薬を投与して、酸素を流して見ているだけだ。車内での患者の観察、酸素投与、急変時の対応、病院の中と一緒だよ。車内に救急救命士がいるといないとじゃ、患者の気持ちからすれば大違いだと思うけど」

「そうだな、ありがとう」

「お互い人を助ける仕事だから頑張ろうな」

最後にはそう言って瀧村は電話を切った。もう少し話をしていたかったが、やや急な締め方をしたのは、瀧村のスマートフォンに別の着信が入ったことが通知されていたからだ。

画面を恐る恐る確認すると、やはり病院からだった。今日はオンコールではないので、呼ばれるとしたら主治医として見ている患者だ。急変する可能性があるとしたら六階のコロナ患者か、もしくは八階の戸谷かだ。心に不安の渦が回るのを感じながら、折り返しの電話をかけると、病院の事務職員が出た。

「内科の瀧村です。病院から着信がありました」

「少々お待ちください」

数秒の沈黙のあと、事務員は電話をつないでくれと頼んできたのは蜂須賀だと言った。

「蜂須賀先生？」

「つなぎましょうか」

「いや、今から向かいます」

瀧村は急いで着替えをして、病院へ向かった。

病院に着いてさらにスクラブに着替えると、ＰＨＳを身に着けて、ＩＣＵへと走った。ＩＣＵの扉の前で立ち止まると、自分のシャンプーの匂いがあとから追いついてきた。いつも呼ばれるのはシャワーを浴びた後だ。呼吸を整え、ＩＣＵの中に入り、蜂須賀を探す。
コロナ陽性患者が入る個室のガラスの前で、深刻そうな顔をしている蜂須賀がいた。瀧村に気づいた蜂須賀は、個室の中のベッドに寝ている患者を指さした。ガラス越しに中の様子をうかがうと中にいたのは森山だった。

挿管され人工呼吸器につながれて、ベッドの両脇のシリンジポンプから鎮静薬など多種の薬を投与されている。

「夜にかけて最重症化した」

蜂須賀の低い声が、照明の落とされた暗い病室の前で響いた。

「コロナ当直医からの要請を受けて、六階で挿管した。本当はＩＣＵに降ろしてから挿管したかったが、それもできないほど切羽詰まった状況だった」

「そうなんですか」

瀧村は森山の顔を見た。運ばれてきたときの表情とはまるで別人だ。

「これでＩＣＵの個室用ベッドは埋まってしまった」

蜂須賀がぽつりと呟いた。隣の個室では検査の時間なのか防護服姿の看護師が手元の暗い中、患者の採血をしていた。各個室の中に置かれた人工呼吸器のグラフィックの明かりが連なって、病室がおぼろげに光っている。

「家族に電話をかけといてくれるか」

蜂須賀にそう言われ家族に電話をかけると、不安そうな声でキーパーソンの妻が出た。識別できるよう病院からの電話番号は登録するように言ってある。

「森山さんの奥さんでしょうか」

「はいそうです」

「夜分にすみません。ご主人ですが、少し悪い知らせがあります」

「悪い知らせ……」

病状の悪化や合併症が発生したときなど、家族に説明するときには、悪い知らせと一言前置きすることが、相手の心の準備のためには大切らしい。

「夜にかけて急激に状況が悪化し、現在お口に管を入れて人工呼吸器につながっています。酸素投与だけではなく、機械による呼吸のサポートが必要な状態になりました。引き続き、治療を続けて参ります」

「主人は……助かりますか」

闇の中でわずかな光を探すようなか細い声だ。

「最善を尽くします」

瀧村は受話器を両手で持って答えた。

「どうか主人をよろしくお願いいたします」

ひと呼吸を置いた後、森山の妻は喉を震わせて言った。

瀧村は今後の治療の流れを電話口で説明し、集中治療の同意を得た。同意書に、また瀧村の名前で代筆をする。最後に適宜電話で病状を説明することを伝えて、受話器を置いた。

以前なら、急変した患者について家族に電話をかけた場合は、病院に会いに来ることも可能だった。しかし、現在はそうもいかない。入院する家族の顔の見えない状況の中では不安に押しつぶされそうになるだろう。

電話を終えると、蜂須賀が近づいてきた。

「だいぶ早かったな」

「あ、はい、着信に気づいて走ってきたので」

「違う。患者の重症化だよ」

「あ、すみません。そうですよね。今日入ってきたばかりなのに」

電話の向こうで森山の妻も驚いていたが、瀧村自身もこんなにも早い重症化は見たことがない。基礎疾患があるとはいえ、まだ五十代であり重症化するにしてもまだ時間かかるだろうと予想していた。

「集中治療室の個室をもう一部屋コロナ用に空けていたからよかったよ。空いていなかったら病棟での挿管や人工呼吸器装着はかなり大変だからな」

「そうですよね」

四人部屋ならまだしも、一般病棟の個室は、ICUの個室と比べて相当狭い。そこで重症患者対応はかなり神経をすり減らすことなのだ。スタッフステーションからも何をやっているのか見えないし、迅速に人間を寄こせるような対応もできない。

「もしかしたら、もう変異ウイルスが日本にも来ているのかもしれんな」

「変異ウイルスってイギリスとかブラジルで流行っているやつですか」

「そう、感染力も強くて、重症になる確率も高い。厄介なやつだ」

「でも感染力が強いって言っても、日本みたいに皆マスクをしていて、清潔好きな国民性があれば、そこまで流行することはないんじゃないですかね」

「わからんな、感染力は二倍弱と言われているらしいが、それがどれだけの感染者の数につながるのかがわからない」

「そうですよね」

「まあ、俺たちは今まで通りの治療を続けていくだけだ。瀧村、お前は次救急科のローテーションになるんだろう？　この患者の主治医はお前のままでいいよな」

「はい、もちろんです」

瀧村は大きく首を縦に振った。重症化して集中治療室に入るコロナ患者は重症管理に長けた救急科の医師が主治医を務めることが院内ルールであった。しかし、数時間ではあるが、もともと瀧村の患者であり、ＩＣＵのコロナ重症患者用の五床はこれで満床となっていた。コロナ以外のＩＣＵベッドも五床すべてが埋まっている。コロナの患者が重症化するたびに、呼吸管理やエクモ管理に救急の医師はつきっきりになるので、救急科のなかにも最近、重症患者は救急科が診るというこのシステムをどうにかしてくれと訴える医師がいるという。瀧村はその負担を少しでも分担したいと思った。

「これで院内急変も取れなくなったな。いや、まいった」

ＩＣＵの全ベッドが埋まった状態になると、一般の病棟で急変がありＩＣＵの入室適応となった場合に、その患者に使えるＩＣＵのベッドがないのだ。

「その場合はどうするんですか」

「ＩＣＵに今いる患者の中から、一番状態が安定している患者と急変したその患者を比べて、どちらがより重篤かを判断して、より重篤である方の患者をＩＣＵに入れるんだよ」

蜂須賀が答えた。ＩＣＵのベッドは一朝一夕で増やすことはできない。蜂須賀の言うようなベッドを巡るきわどい患者の選択が行われることになるのだ。

「ベッドコントロールは、救命救急医の大切な仕事だからな」

その声の奥には、蜂須賀の仕事に対するプライドが滲んでいた。

7

四階建てのアパート一階の角部屋のベルを鳴らす。

「ちょっと待って！」という少年の声がする。

扉の裏まで走る足音が聞こえ、扉が勢いよく開いた。

船岡がいつもの笑顔で瀧村を出迎えた。よっ、と挨拶を交わして中に入る。靴下では随分と滑りやすい廊下を歩き、船岡の後に続いてリビングに入る。

黒いブラウン管のテレビの前に任天堂のゲーム機が置いてあり、電源が入っている。画面の中に映るキャラクターが今にも動き出そうとするような、動きのある瞬間でポーズがかかっていた。

「今日もおばさんは病院？」

瀧村がテレビの前に腰を下ろしながら訊いた。

「そうだよ。麦茶飲む？」

「飲む」

冬はこたつとして使っているのだろうテーブルの上に、氷の入ったグラスが置かれる。

麦茶が勢いよく注がれると、白い氷がカランと音を立てた。窓が開けはなたれた部屋の中に夏の暑さを感じる。

ほい、とゲーム機のコントローラーを船岡から渡されると、いよいよ胸が高鳴った。レースゲームでの対戦成績は、このところ負け越している。船岡にだけ良いアイテムが出ることが、瀧村が勝てない原因じゃないかと思うのだが、今日のレースの具合をみるとそうでもない感じがした。

「船岡、お前最近ゲームばかりやってない？」

「そうかな」

「そうだよ。めちゃめちゃ速くなってるよ」

「やっぱセンスがちがうんよ」

船岡は笑っていたが、以前来たときよりも部屋が随分と汚くなっていた。

テニスのゲームでもシングルスでは、ほとんどのポイントを船岡に取られた。実際の中学校のコートでも、船岡からポイントをなかなか取れない。実際のテニスが強い奴は、やはりゲームのテニスでも強いのだろうか。

第二セットからは、現実では絶対にやらないサーブアンドボレーも仕組まれ、瀧村は連続でポイントを落とした。余りに悔しいので、コンピューター相手に、船岡と組んでダブルスをすることにした。

　実際のダブルスのペアでもあるから、ここは船岡の考えることはわかっている。船岡のスライスサーブで相手をコート外に出してから、ベースラインでのカバーは船岡に任せて、ボレーをネット際に詰めて狙いにいく。特に相手コンピューターの後衛は鈍足だったから、この作戦が思った以上に気持ちよく決まった。

　コンピューター相手とのダブルスで二勝した後、時計をみると午後五時を回っていた。

「俺そろそろ、塾に行くわ」

　後ろ髪を引かれるように腰を上げ、船岡に挨拶する。

「今週末のテニス部の学外練習行く？」

　荷物をまとめて、瀧村は船岡に訊ねた。

「そのことなんやけど、俺もうテニス部辞めるわ」

　船岡の顔を覗くと冗談ではないらしい。

「え、そうなの？　急な話だね」

「お父さん、やっぱり具合悪いらしい。母さんもかかり切りで、今日は病院の帰りに夜も仕事なんやって」

「そうか。なら、一緒に顧問に辞めるって言いに行こうか」

「一緒に？　お前まで辞める必要ないやろ」

船岡が訝しむ顔で返す。

「いや、僕も親から受験にそろそろ本腰入れろって言われているんだ」

「そうなんや」

「だから、一緒に辞めよう」

船岡の顔を直視して瀧村は言った。

「確かに一緒なら怖くないかもしれへんな」

「でも一緒なら殴られるかもしれない」

瀧村が歯を見せて笑う。

「まあ、それも覚悟の上や」

つられて笑った船岡の額から汗が流れた。

「いつ言いに行く？」

「今週末の練習も行けへんからな。言い出すまで緊張するのも嫌やし、明日にしよか」

「明日か、でもそうだよな、待っててもしょうがないな」

瀧村は自分の言葉に何度も頷いた。

「確認やけど、本当に瀧村お前も辞めたくて辞めるんやな」

　鋭利な目線を瀧村に向けて、船岡が確認する。

「そうだよ、ペアがいなくなるから辞めるんじゃない。勉強に集中して、A高校を受験するためだ」

「A高校か、お前なら行けるかもしれんな。そのあとはどうするんや？」

「親は医者になれって言ってくる」

「医者か、A高校なら医学部進学も多いよな。高校に入っても勉強か。大変やな」

「大変かもしれないけど、やっぱり人を救うってかっこいいよ。親に言われて、医者になりたいというのでは、きっと勉強に気合が入らない」

「お父さんの病院に行ったときは、先生たち忙しくしてたな。医者ってやっぱり忙しいんやろうな」

　船岡が遠い目をして言った。

「忙しいけどやりがいはあるよ。だって人を救うんだから」

「お父さんも救ってくれるかな」

「お父さん今どんな感じなの」

　この質問にはしばらくの間があった。瀧村は喉の渇きが増したように感じた。

「お母さんの話では、まだ眠っているんやって。目が覚めへんらしい」

「そうなんだ、はやく良くなるといいな」

「ありがとう。俺は何になろうかな。やっぱり消防士は危険かな」

「お母さんはなんて言っているの」

「まだそんな話はしてへん。でもお父さんみたいに人を救う仕事がしたいな」

「なら、医者になろうよ」

「医者？　無理無理。俺にそんな頭はないって」

「そんなことないよ。地理得意じゃんか」

「地理は理系ではあんまり関係ないやん。そら医者になれたらうれしいとは思うけど、俺には難しいわ。とにかく、明日授業終わりに顧問の所に行くでいいんやな」

「いいよ。覚悟は決めた」

「緊張するな」

「ああ緊張する」

「明日まではこの緊張が続きそうやな」

「ああ」

手の中にはじっとりと汗をかいていた。Ｔシャツも汗で皮膚にくっついている。

暑さと緊張で鼓動がどんどん早くなり、その音が胸の中から体全体に反響していく。

瀧村は目を覚ました。天井はいつもの見慣れた寮の部屋だ。暖房をかけっぱなしにして、さらに分厚い冬用の布団に体を埋めていた。服を通り越してシーツにも汗が滲んでいた。

懐かしい夢を見たと思った。

十年以上も前の中学二年生の夏の記憶が、夢で再生された。スマートフォンを見ると朝の五時だった。二度寝しようとしたが、夢の名残りが心臓をまだ激しく拍動させていて、とても寝つける状態ではなかった。


あの後、テニス部の顧問に部活を辞めることを船岡と一緒に申し出た。その時の顧問の反応をほとんど覚えていないので、きっと大した反応ではなかったのだろう。その時に辞めていたから、医学部に無事合格できたと考えると、船岡は受験の恩人だったと言えるかもしれない。船岡の父親はそれからしばらくして亡くなった。葬儀に母親とともに参加した瀧村に船岡は「ありがとう」と声をかけてくれた。喪主の船岡の母の口から、消防士として消火作業中の事故が原因で、命を失ったことをそこで初めて聞いた。

船岡とそれ以降も会話をしたはずだが、記憶に残る船岡との会話はそれが最後だ。葬儀の後、ほとんど間を置かずに、船岡は母親と共に母親の地元である大阪に引っ越していった。

瀧村は週五で塾に通うようになり、授業後の時間のほとんどを進学のための勉強の時間に当てた。その甲斐あって、船岡に宣言した通り命を救う仕事に就くことができた。

船岡もその約束を覚えていたのかいないのか、今となっては恥ずかしくて聞けないが、救命士という人の命を救うことを仕事にしている。この十年の時の流れで再び二人の人生が合流したというめぐり合わせの不思議を思うと、瀧村の鼓動はなかなか静まらなかった。

8

早朝の院内のコンビニで蜂須賀と出くわした。

「瀧村えらい早いな」

「そうなんです、早くから目が覚めてしまって。森山さんどうでした？」

「一言で言えば悪いな、今日明日にエクモ導入の可能性もある」

「エクモですか」

新型コロナウイルス感染症で最後の砦とされるエクモ。その管理の方法を勉強する機会があることは、言葉は悪いがチャンスであった。主治医として学ぶのと、主治医以外として学ぶのとでは、責任や入ってくる情報という面から、吸収できることに大きな違いがある。エクモの管理を見たことがないまま後期研修医を終える医師もいるが、呼吸器内科に進む予定である瀧村にとって、今後エクモの管理ができることはメリットになることは間違いなかった。そのために、このパンデミックは、エクモを勉強するまたとない機会でもあった。

「これ食べたらＩＣＵ行きます」

瀧村は、焼きそばパンを棚から取った。医局でスクラブに着替えると、パンを牛乳で流し込んで、ＩＣＵへと向かった。

感染用の個室ベッド五床は変わらずすべて埋まっている。全員が人工呼吸器に呼吸を頼った重症呼吸不全の患者だ。朝からスタッフが忙しくレントゲン撮影の準備に追われている。

電子カルテの端末の前で、ＩＣＵの患者を確認すると、幸い昨日からＩＣＵを押し出された患者はいなかったようだ。

森山の病室にポータブルレントゲンの機械が入ると、瀧村も急いで防護服に着替え撮影の介助に入った。昨日まで酸素を吸っているだけだった森山は、鎮静薬で頭と体を鎮静されており、呼びかけただけでは反応しない。口には8ミリの挿管チューブが挿入されており、人工呼吸器と閉鎖回路で接続されている。規則正しく上下する胸を見ながら、人工呼吸器による強制換気で体の中の酸素濃度をなんとか保っている。これほどまでに急速に自身の呼吸が破綻するこの病気は、やはり別格の恐ろしさがある。多くのことが解明されてきた新型コロナウイルスではあるが、まだ隠された攻撃能力があるのではないかと思うと、同じ部屋にいることに足がすくんだ。

防護服を脱ぎ、スタッフステーションに戻って今撮影した森山の胸部レントゲン写真を確認すると、両方の肺に絵の具を塗ったような肺炎の影を認める。昨日の入院時に比べて明らかに悪化しており、正常な部分がほとんどない。今日の採血結果などを考慮してもエクモの導入は不可避であると思われた。

朝八時からのＩＣＵカンファレンスに顔を出し、森山の治療方針について蜂須賀たちと話した。一晩を管理した蜂須賀の口から、森山の担当医は、瀧村と蜂須賀が担当するという話があった。治療の基本は人工呼吸器でサポートを続けながら、肺の機能が戻ってくるのをひたすら待つしかない。その間、血栓予防のためのヘパリンの持続注射を開始し、ステロイドなどの治療で炎症が悪化するのを防ぐ。どの患者にも当てはまる基本的な治療を継続し、今日一日はこのまま様子を見ることになった。

その後、カンファレンスを続けて聞いていると、議題の中心は誰をＩＣＵから出すかに移った。今はコロナ患者をＩＣＵから出す場所がない。中等症の病棟にももう空きがないのだ。つまりはコロナ患者以外の重症患者から、優先順位を決め、安全をぎりぎり確保した上で、一般病棟に出すしかない。これまではハイケアユニットと呼ばれる、ＩＣＵから退室した患者が一般病棟へ移るまでに入る、ＩＣＵより少し重症度が落ちたベッドがあった。しかし、このコロナ患者の急増でハイケアユニットを担当する看護師が工面できず、超重症から重症までの全ての患者はこのＩＣＵに入っている。しかしながら、今回のようにＩＣＵを退室後ハイケアユニットに入れたほうがいいと思われる患者も、さらに重症の患者が来た場合には、その患者が押し出される形として一般病棟に入れるしかないのだ。今日の患者を見渡すと、三号ベッドの瀬川は、頭部外傷の術後二日目でまだ意識が覚めず、挿管中であるし、今後気管切開も予定されている。四号の樋口は多発外傷で腹腔内臓器が損傷しており、お腹の傷がまだ閉じていない。五号の松下は開心術後でまだ循環が不安定だ。

そういう患者の中から、「押し出し候補」と呼ばれるＩＣＵ退室順位の一番を決めなくてはならない。

結局議論はしばらく平行線を辿ったままになったので、瀧村はカンファレンス室を出て先にＩＣＵへと戻った。

森山のカルテを書き終わり、院内のシャワーを浴び終えると、瀧村は八階の戸谷のところへ向かった。スタッフステーションで、戸谷の朝の採血結果と朝一で撮ったＣＴを見た。

採血結果をみると炎症反応を見るＣＲＰという値が上昇している。この値が上がると、体の中で炎症が起こっていることを示している。これ自体はもちろんあまり良くないことだった。検査結果を辿ると、ちょうど今日、胸水の結果が出ていたのでプリントアウトした。

病室をノックすると、中から威勢のいい返事が返ってきた。入る前から少し気持ちが楽になる。戸谷はテレビを落ち着いた様子で見ていた。聞けば、息切れはほとんどないという。

「胸水の結果が出ました」

瀧村はプリントアウトした結果を戸谷に見せた。

「数字を見せられても、なんやさっぱりわからんな」

「いまから、説明しますね。このＬＤＨという値や、総蛋白の値から、まず胸水の性状がどのようなものかを判断するのですが、この結果から滲出性胸水というものにあたります」

「しんしゅつせい？」

「はい、この滲出性胸水の原因は色々あるのですが、多いのは肺炎や、悪性疾患、結核です」

「悪性疾患や結核？　怖いことばかりいうね、先生」

「結果からいうとその二つは否定的です。ＡＤＡという数値を見てください、これは結核性胸水で上がる数値なのですが、正常範囲内で、胸水から癌《がん》細胞も検出されませんでした」

「では癌ではないということか」

「絶対にないとは言い切れませんが、今日撮ったＣＴでもあきらかな癌を疑う所見はありませんでした。胸水の腫瘍マーカーも陰性でした」

「よかった。そしたら残るは肺炎ってこと？」

「ええ。その可能性が高いと考えています」

「胸水からも細菌がわずかに検出されていますし、今日のＣＴでもしぼんでいた肺が広がったところに肺炎を疑う影がありました」

「肺炎ってまさかコロナウイルスではないでしょうね」

戸谷はマスクの上から、口もとを押さえる仕草をした。

「違うと思います。入院時の抗原検査でも陰性でしたし。肺炎の形も新型コロナウイルスによる肺炎とは微妙に違います」

「さすがは内科の先生ですな。コロナじゃなくて助かった」

「でも入院の時は陰性であっても、入院後に陽性が判明するケースもあるので、マスクは必ず着けてくださいね」

「はいよ、わかってますよ。でも癌でなくて安心しました。それで退院はいつになりそうですか」

「採血でも炎症の数値が高く、肺炎がしっかりあると思われるので、ひとまずは抗生剤で治療した方がいいですね」

「朝も熱があるって看護師に言われたね。肺炎か。まあコロナでないだけましですね」

「悪化すると厄介なので、初めにしっかり治療しましょう。今日から抗生剤の点滴を開始しますね」

「正月までには帰れるかな」

今日は十二月二十三日だった。

「ぎりぎりですね」

「最初は胸の水抜けばそれでおしまいだと思ってたからね。時間が長く感じます」

戸谷は窓の外を見た。

「このまま抗生剤が効けば、無理な話ではないと思います。早く帰るためにもしばらく治療に専念しましょう」

瀧村は戸谷の背中に告げた。

9

「さらに増床の要請が来ました」

木曜日に行われた緊急の対策会議の冒頭で、牛島は確かにそう言った。今日は院長が出席できず、牛島が議長を務めている。

「今週中に重症と中等症どちらか二床ほど増やせないかということだそうです」

医事課の榎田が府からの依頼を詳しく補足した。

「二床だと？　ＩＣＵはさすがに無理だ。一般の重症患者のベッドがなくなる」

蜂須賀が天を仰いだ。

「そうですよね。ＩＣＵ全十床のうち、今は個室五床すべてをコロナ重症用に充てていますよね。あと一床増やすにも、すぐに個室化できない以上はできませんよね」

榎田ももうこれ以上重症ベッドを増やせないことを理解している。

「断れないのか」

「うちも一応、公的病院である以上は自治体の言うことを無下にする訳にもいきません。今の大阪の感染状況を思えば、どこも同じような状況になっているとは思います。第一波と違って、多くの病院がコロナを診てくれているんですから」

「なら、中等症を二床増やすか？」

牛島の顔色をうかがうように蜂須賀が意見した。

「いや、それもかなり難しいですよ。今や六階の病棟をすべて潰して十八人を見ていますからね。四人部屋にも二人が限界です。これ以上増やすとなると、別の病棟も潰さなければなりません。そうなると看護局が首を縦に振らないでしょう。一般病棟の患者を動かす部屋もないですし。万が一、院内感染が起ったときのことも考えて、なるべく一か所にコロナ患者は集めておくべきです」

「せめて、一床でもどうにかなりませんか」

榎田が声を上げた。現場と事務方の両方の肩を平等に持つ榎田だが、もうお願いすること以外にできることがなさそうに見える。

会議室にしばらくの沈黙が訪れた。

「ハイケアユニットの個室を使おう」

蜂須賀の声がその沈黙を破った。

「ハイケアを使うんですか？」

誰かの声がしたが、それに反応するように会議室がざわざわとし始める。

「閉鎖しているハイケアユニットの唯一の個室をコロナ用に空ける」

蜂須賀の低い声が、会議室の喧騒をさらっていった。

ハイケアユニットは全部で四床、そのうちの一つが個室になっている。

「つまり、重症を一床増やすということですか」

牛島が不敵な笑みを浮かべて言った。

「そうだ。ただ、ＩＣＵから直接観察できないから、高齢の挿管患者など、ある程度割り切った治療を行う患者をそこにあてよう」

蜂須賀がさらりと厳しいことを言う。

「看護局はいかがでしょう」

牛島が看護局長の方を見た。

「一床なら何とか。ただし術後の患者さんがＩＣＵに入ると看護師の人手の問題でかなり厳しいです」

「外科に、遅らせられる大きな手術は遅らせてもらうしかないな。少しでもＩＣＵ入室を減らさなければならない。外科も含めて明日臨時の対策会議を再び行おう」

蜂須賀はそれで決まりと言わんばかりの表情だった。

「外科部長の出席については調整してみます。牛島先生もよろしいですか」

榎田が牛島に問う。

「はい、私も大丈夫です。それでは重症を一床増床する方向でよろしいでしょうか」

牛島が蜂須賀の様子をうかがう。

「もちろん。ただ、牛島先生、一つ条件がある」

「条件ですか」

「瀧村を救急科にフライングで借りさせてもらう」

「瀧村先生を？」

牛島が驚いた顔を見せる。ただでさえ丸い目がますます丸くなっている。

「もともと一月からうちを回る予定だったんだろう。今診ている患者ももちろん、引き続き診てもらう、ただメインの仕事はＩＣＵでの集中管理と救急外来診療だ」

「本人がよければ」

牛島は仕方なく答えた。参加者の視線が一斉に瀧村の方に向いた。

「かまいません」

瀧村の返事は、最初から決まっていたようなものだった。


翌日の十二月二十四日、急遽外科系診療科を交えて開かれた対策会議では、コロナ重症ベッドの増床と手術制限について両者の話し合いが持たれた。当初は外科部長のみの出席予定であったが、手術を制限されては困る外科系診療科が一堂に会し、一般外科から心臓血管外科、産婦人科や泌尿器科の部長クラスも連なって、始まる前から会議室に熱気が立ち込めている。

院長を正面にして右に外科系診療科、左に牛島や蜂須賀を先頭にして内科と救急科のメンツが密にならないように座っている。瀧村は存在感を消すようにその最後尾に着席した。

「手術を少なくしろということですよね」

外科部長の岩瀬から静かな牽制球が放たれた。

「端的に言えばそうです」

牛島が答える。

「年明けの手術患者はもう予定を組んでいます。そこをキャンセルせよと仰るわけですよね」

「そうです。各科に割り当てられたＩＣＵ帰りのオペをなるべく減らしていただきたいんです」

「術後ＩＣＵに入るようなオペをキャンセルするとなると、病院の収益的にもかなりマイナスになると思いますが、まずその部分は問題ないんですよね」

岩瀬がまずは変化球でストライクを狙いに行った。

「はい、コロナ用重症ベッドの追加でまとまった報酬が国から入ります。経営的には極端にマイナスにはならないという計算です」

正面席の院長の隣にいる榎田が答えた。

「ただ、手術をキャンセルしろというのは極端です。我々の仕事の半分以上は手術です。手術をしないということは医者としての仕事をするなと言っていることに等しいのではないでしょうか」

岩瀬の後に控える各科の部長たちが頷きながら聞いている。

「ただ、現状でコロナの重症ベッドはどうしても必要です。このような言い方は失礼かもしれませんが、手術を継続できる病院はほかにもあります。ただ、コロナの重症ベッドを提供できる病院は限られています。我々の病院はその限られた病院の一つです」

牛島が静かに口をはさんだ。

「でもすでに、五床もコロナの重症用ベッドがあるでしょう。それ以上に患者を受け入れる必要はあるのですか」

岩瀬の鋭い意見が会議室の空気を張り詰めたままにする。

「さきほども申し上げましたように、周りを見ながらあの病院がこれだけ取っているからうちはこれだけ取るという考え方は通用しないのです。取れる病院が最大限の力を出して取る。これでいままでもやって来たわけですから」

「それなら手術患者じゃなくて、救急からくる重症患者を少しセーブするのはいかがでしょうか」

今度は蜂須賀が反論した。

「ここは三次医療機関ですよ。医療圏で発症した一般の重症患者は受け入れる義務があります」

「ですから、不要不急の手術は延期していただくか、他の病院にお願いする形としていただいて、術後ＩＣＵに入る一般の患者さんをなるべく減らしていただきたいんですよ」

牛島が机に向かって頭を下げた。

「不要不急の手術なんてないですよ」

岩瀬が声を張った。いつも冷静さを失わないベテラン外科医がこの日は違っている。

「年明けのオペまではまだ時間的には余裕がありますが、患者の病状には余裕がありません。皆、今すぐにでも手術してほしいという人ばかりなんです。その人たちにどう説明するというのですか。コロナ患者のためにベッドを使わせるから、手術を延期してほしいと説明したところで、納得してくれる患者がいるでしょうか」

「納得していただくしかありません。年明けに手術が予定されている人は、少なくとも年明けまでは生きていらっしゃいます。我々が今受け入れようとしているのは、年明けまで命があるかどうかわからない患者なのです。それがコロナという病気であるというだけです」

牛島の言葉に、岩瀬は腕を組んで押し黙った。

瀧村は内科と救急の勢いを感じていた。外科系の部長数名に対峙して、蜂須賀と牛島の存在感が会議を通して増してきている。これも困難と言われたコロナ診療をここまで続けてきた畏敬の念を、向こう側の部長たちも忘れていないからだろう。

「外科も発熱外来などで人手を出しています。内科や救急の先生方には頭が上がりませんが、やはり外科の手術後にも使えるＩＣＵのベッドは残していただきたい」

岩瀬が食い下がる。

「ＩＣＵのベッドの滞在を短くして、回転率を上げていけばいいでしょう」

蜂須賀が吐き捨てるように言った。

「ラーメン屋じゃないんだから、そんなの無理でしょう」

岩瀬が顔を赤くしながら蜂須賀を指さして声を上げた。

「それでもやるしかないんです」

そう言い放ったのはここまで静かに黙っていた院長だった。

「それでは術後の患者の安全が確保できません。本来の集中治療の意味を見失っています」

岩瀬は譲らなかった。

「コロナ患者にとっても、一般の手術患者にとっても、現時点での医療資源が限りなく乏しくなっているのは事実です」

「どうしても延期できない手術が各科であるのは、十分承知しています。幸い、手術室自体は、コロナの影響をさほど受けてはいません。影響を受けているのは、大きな手術の後の重症患者さんが入る部屋です。そこが極端に足りていません。そうなれば、そのベッドの各科の使用期間を短くして使うほかありません。具体的には開心術で二日、膵頭十二指腸切除や肺切除で半日、ダビンチによる前立腺全摘は直接一般病棟に行ってもらうのはいかがでしょうか。それであれば、ベッドの回転率が上がって、延期すべき手術が減らせます」

「しかし……」

外科診療系の部長たちが諦めたように下を向く。

外科出身の院長がそう言うのだ、並大抵の覚悟では言えないセリフだろう。

「本来ＩＣＵで術後経過を見るはずだった患者が、早期に一般病棟に出ます。看護師の観察力をこれまで以上に底上げしないといけないのはもちろんのこと、先生方のご負担も増えるでしょう。万が一のことがあれば私が責任を取ります」

この困難に対しては病院が一枚岩にならなければ乗り越えられない。院長の言葉で、この病院全体の進む道の方へと大きく舵が切られた。

10

翌日は十二月二十五日のクリスマス。世間では仕事納めの日とされる二〇二〇年の最後の営業日だ。昨日の提案がその日のうちに病院の決定として承認され、ハイケアユニットの個室の一つがコロナ病床へと組み込まれた。

その日の昼前には、他の中等症病院から重症化した患者がいるので、転送をお願いしたいと保健所経由で依頼があった。ベッドを空けておくだけであれば、何の問題もないのだが、実際はこのように空いたとたんに次の患者の入院依頼がひっきりなしにかかってくる。

蜂須賀の命令で、現在ＩＣＵにいる重症コロナ患者で峠を越えた八十代の男性患者がハイケアユニットの個室に映された。峠を越えたと言っても、ベッドサイドにはまだ多くのシリンジポンプがついており、微量かつ正確に生体の代謝を維持する薬液が持続的に注入されている。

「やれやれ、仕事納めの日に増床か」

蜂須賀がハイケアの個室に高齢患者を移し終えた後にため息をつきながら戻ってきた。瀧村の電子カルテの隣の席に、重い腰を下ろす。

「本当ですね。今日はクリスマスですけど、世間はどんな感じなんでしょうね」

「年末だからな。みんな外で酒を飲みたいだろう。俺だってそうだ」

「みんなそうですよね。だから感染者が増えるのかもしれませんね」

「そういえば、お前にクリスマスプレゼント渡すのを忘れていたよ」

蜂須賀が突然思い出したかのような口ぶりで瀧村の方を見た。

「クリスマスプレゼント？」

正直に言えばいい予感はしなかった。

「これだ」

蜂須賀が手渡したのは見た目の古い、折り畳み式の黒い携帯電話だった。

「これは、ガラケー？」

「見た目はちゃっちく見えるが、ホットラインだ。救急科が持っている、三次救急専用の電話」

「ここに救急隊から三次救急の電話がかかってくるんですか」

「そうだ」

蜂須賀が強く頷く。

「どうしてこんなものを僕が」

「ローテーションしているんだから当然だろう」

「でもまだ後期研修医ですよ」

「後期研修医だろうが関係ない。研修医はすべてが勉強だろ」

蜂須賀の眉間に皺が寄る。

「そうですけど、重症救急患者専用の電話番なんて荷が重いです」

「大丈夫だ、搬送連絡がかかってくるだけだ。とにかくお前は受け入れますとさえ言えばいい」

「でも、三次救急搬送ってことはＩＣＵに入院する可能性が高いですよね。ＩＣＵのベッドが空いていない場合はどうするんですか」

「大丈夫だ。ベッドは俺がどうにかする。コロナじゃなければ転院で受けてくれる他の病院もあるしな。救急医として腕がいい医者はベッドコントロールも長けているんでね」

「先生がそう言ってくれるなら、頑張ります」

「この病院の三次医療圏約六十万人の命が、お前にかかっているぞ」

蜂須賀が瀧村の肩を叩いた。軽く叩いただけのはずだが、その手の重みをやけに感じる。

「そんなプレッシャーかけないでくださいよ」

「冗談だ。とにかく、実際に患者が搬送されたら、救急科のスタッフが何人か救急外来に直行して診療補助するから安心しろ。俺たちは防護服着て病室に入らないといけないから、ホットラインが鳴ってもすぐには取れないんだよ」

「わかりました。頑張って電話番します」

瀧村は手の中の黒い携帯電話を強く握りしめた。

病院の食堂で昼ごはんを食べようと思ったが、注文してからホットラインが鳴るといけないので、院内のコンビニで弁当を買って医局で食べることにした。温めたコンビニ弁当を食べながら、ホットラインの黒い携帯電話を見つめた。他のことに集中しているときはいいが、ホットラインを持っているのが自分だと思うと緊張の糸が解けない。瀧村はこの日、いつも以上にトイレが近かった。

　昼飯を食べ終えてもやはりホットラインが鳴る様子はなかったので、瀧村はこれ以上無駄な緊張を意識するのをやめ、八階の病棟へと向かった。

　戸谷の看護記録を電子カルテで確認すると、朝から微熱が続いている。肺炎自体はあるので、熱はある程度仕方がないが、抗生剤を使ってもなんだかすっきりとは良くならない。

　病室を訪れると、戸谷は鼻から酸素を吸っていた。

「先生、また酸素吸うことになっちゃったよ」

「そうなんですか」

　ショックを受けたのは、瀧村も同じだった。ベッドの頭元の酸素流量計をみると酸素は毎分1リットルの量だった。入院初日よりは少ない量である。

「でも1リットルですね。病気が落ち着けばそれぐらいの酸素量であればすぐに取れるはずです」

　戸谷は微笑みながら軽く頷いた。

　ただ、酸素が再び必要になったということは、病状が良い方向には向かっていないということだ。抗生物質が効かない耐性菌なのだろうか。

　聴診をしても、ここ最近と比べてあきらかな変化はない。当たり障りのないことだけを伝えて、瀧村は病室を出た。

嫌な胸騒ぎがする。瀧村は上級医の水野を捕まえて相談した。

「市中肺炎だとは思うが、念のためコロナの検査もう一度してみたらどうだ」

水野は静かな口調で言った。何か他の鑑別疾患や解釈モデルを提案してくれるのを期待したが、水野が提案した検査は、瀧村が病室を出た時に考えたものと同じだった。

「戸谷さん。申し訳ありませんが、もう一回、コロナの検査をさせていただいてもよろしいでしょうか」

瀧村は防護服を身にまとい、抗原検査セットを持って戸谷の病室を再訪した。

疑っている以上は、感染の標準予防策が必要になる。しかし今まで普通にやり取りしていたのに、今日になって急にコロナウイルスの感染が疑わしいなどと言い出すのだから、何とも本末転倒な状態になってしまった。

「先生どうしたの、その格好」

「すみません、コロナの可能性をもう一度否定しておこうという話になりまして」

「コロナ？　いいけど、最初の検査は陰性だったじゃないか」

「検査は、その時点で引っかからないほど少ないウイルス量だったということしかわかりません」

「でも、俺はいいけど、もし陽性だったら先生や看護師さんはどうなる？」

「幸い、戸谷さんはずっとマスクを着けてくださっていましたし、僕もマスクとアイゴーグルをしています。院内の規則では、お互いマスクをしていれば濃厚接触者にはあたりません」

「そうかい。まあ、陰性であることを信じるよ」

陰性であることを信じたいのはむしろ瀧村の方だった。綿棒を鼻腔の奥へと挿入しながら、瀧村は不安に襲われ手が震えた。

もし本当に陽性だったらどうしよう。

戸谷を訪室したすべての場面で、マスクをちゃんと着けていただろうか。一瞬でも外していたことはないだろうか。

訪れた看護師もそうだっただろうか。院内感染はこういうところから、病棟全体をむしばんでクラスター化するのだろうかと、不吉な推測が頭をよぎった。

戸谷が個室であったのが、唯一の救いだった。もしこれが大部屋で戸谷が陽性なら、同室者の感染は免れないだろう。

病室を出て、スタッフステーションで抗原検査の結果が出るのを待った。通常であれば、四十分程度で結果が出る。他のことをしていれば、あっという間に過ぎるその四十分が、今回は途方もなく長く感じた。

11

抗原検査の結果は陰性だった。やはりコロナではなかった。

助かったと、瀧村は思った。これで陽性であったら、戸谷から院内感染が起こっていても不思議ではない。実際、他の病院で起こっている院内感染のパターンも、一般病棟に入院した患者が実はコロナ陽性患者だったということが多い。タイミングの問題で入院時のスクリーニング検査では完全に引っかけることはできないのだ。

瀧村は防護服を脱いで戸谷に検査の結果を伝えた。二人とも改めて胸をなでおろした。

「ああ、よかった。陽性だったら、遺書でも書こうかと思ったよ」

戸谷が噛み締めるように言った瞬間、部屋の中で大きな電話の着信音が鳴った。最初は、戸谷の携帯が鳴っているのだと思った。しかし、戸谷は一向に携帯に出る気配がない。

「先生、携帯が鳴っているよ」

戸谷が、瀧村の白衣のポケットを指さした。白衣の白に透けて、ライトが点滅していた。聞いたことのない着信音だと油断していたが、鳴っているのは蜂須賀から渡されたホットラインだった。

部屋を飛び出し、電話を取った。

「はい、こちら能勢医療センターホットラインです」

最初の応対の言葉はこれでよかったのか、わからない。パニックでやや声が裏返ってしまった。

「大阪市救急隊です。三次搬送の受け入れをお願いします。負傷者は、三十八歳の男性。乗用車運転中の事故です。交差点での右折時に直進車と衝突、その右折車の運転手です。負傷者は一名で、右大腿部に開放骨折を認めます。痛みでやや不穏の状態です。受け入れいかがですか」

「あ、はい、大丈夫です。よろしくお願いいたします」

「よろしいですか。ありがとうございます。あと十分で到着します」

「わかりました」

瀧村は電話を切ると、蜂須賀に教わった通り、救急外来の事務に連絡し、三次救急搬送が来ることを伝えた。そして急いで救急外来に向かった。

階段で一階に降りる途中で、全館放送が流れた。

「コードイエロー、繰り返します、コードイエロー」

コードイエローは、三次救急が搬送されてくる時に流れるスタッフコードだ。

これを聞いた救急科の医師や救急外来の担当看護師は、すぐに持ち場を離れて、救急外来の三次初療室に集合する。

瀧村が救急外来に着いた時には、すでに結城たちが、点滴と採血の準備やシーツをベッドに敷いたりと忙しく準備をしていた。

「よろしくお願いします」

瀧村がそこにいた看護師たちに声をかけると、不思議そうな目で瀧村を見返す。

「先生がホットライン持っているの？　救急科の先生は」

「僕が持っていますが、上の先生たちももうすぐ来ると思います」

そう言ったのとほとんど同時に蜂須賀と新藤が初療室の扉を開けて入ってきた。

「瀧村、患者の名前とバイタル聞いたか」

「いや、すみません。聞いていません」

蜂須賀がチッと舌打ちする。

「特に、熱があるか確認しろ」

「わかりました。電話して聞いてみます」

瀧村はホットラインのリダイアルボタンを押した。二コールの後に、先ほど電話をかけてきた救急隊員が出た。

「お忙しいところすみません、先ほどの患者さんですが、名前とバイタルサインを教えていただけますか？」

「はい、申し上げますね。患者氏名は、林貴明さん。バイタルサインは体温37度５分、血圧１２８の79、脈拍１０１、酸素飽和度は98パーセントです。あと五分ほどで到着します」

瀧村は聞き取りながら、初療室のホワイトボードにバイタルサインを書き込んでいった。電話が切られると、瀧村が書いたホワイトボードに蜂須賀が近づいてきた。

「熱は37度５分か。みなＮ95マスク付けているか」

蜂須賀の言葉で気づいたが、皆通常のマスクの下にＮ95マスクを着けていた。

瀧村のマスクは六階のコロナ病棟の前室にある。

「蜂須賀先生、Ｎ95マスク、六階から取ってきていいですか」

「そんな時間はない。三次救急は時間との闘いなんだ」

蜂須賀は初療室の机の下の引き出しから、Ｎ95を取って瀧村に渡した。

「大事に使えよ」

「ありがとうございます」

Ｎ95マスクのような高性能マスクはまだ品薄で、みな一週間は同じマスクを使っている。ゴム紐を後ろに回し、鼻と口を漏れがないようにしっかり覆うと、あっという間に息が苦しくなった。普段もコロナ病棟では装着しているが、救急の緊張感の中でつけると余計苦しく感じてしまう。フェイスガードもしていると、光の反射で前が見にくい。

これらの防護具で五感のいくつかを制限されながら、新しい重症患者の診察を迅速に行わなければならないのか。

唯一自由に解放された耳に、遠くサイレンの音が聞こえる。それは徐々に近づいてきて、突然ピタリと止まった。

「行くぞ」

蜂須賀の合図で、瀧村は蜂須賀を追いかけて救急搬入口に走った。

救急搬送口の重い扉が開き、止まった救急車が見える。

救急隊員が降りてきて、後部の扉が縦に開く。

患者を乗せたストレッチャーが、救急隊の手によってスムーズに地面へと降ろされた。

「林さん、病院着きましたよ」

救急隊員の一人が患者に話しかけた。患者は何も答えない。

右脚部分のズボンは救急隊によって切られており、創部が観察しやすくなっている。

「状態はどうだ？」

蜂須賀が隊長に声をかける。

「どうやら飲酒運転だったようです。酒臭いです。アルコールのせいでやや不穏ですが、バイタルサインは落ち着いています」

「わかった」

蜂須賀は動くストレッチャーに並走しながら、患者の手首に触れて脈を確認した。

「わかりますか？」

蜂須賀が小走りになりながら、患者の顔に声をかける。

「おう？　お前だれや」

頬を少し赤く染めた男性が声の主を探しているようにあたりを見回す。見知らぬ人に囲まれて皆マスクをしているので、誰がしゃべっているのか確かにわかりにくい。

「林さん、病院に着きましたよ。私はここの救急医で蜂須賀と申します」

蜂須賀の所作を見ながら、瀧村はストレッチャーの後ろを追うようにして、初療室へ戻った。

初療室のベッドにストレッチャーが横付けされた。

左右に並んだ人間たちで、これから林を移乗させる。

「足折れているからな、ゆっくりだぞ」

患者の頭元に立った蜂須賀が、全体の指示を出している。

瀧村は患者の右に立ち、患者の上半身に手を添えた。

「痛えよぉ」

看護師が足の下に手を入れた時に、林が叫んだ。痛みに体をねじろうとする。両腕もまるで空中を泳いでいるかのように激しく振り回した。林は大柄な男で、上半身の筋肉もしっかりしている。下手をすると瀧村などすぐにはじかれそうだ。

「１、２、３」

蜂須賀の合図で一気に、林の体はベッドに移った。

「いてぇー、何すんじゃあ」

林は右脚の付け根を触りながら、苦痛の表情を浮かべている。右脚は大腿部で不自然に曲がり、素人が見ても骨折していることは一目瞭然だ。腿の表側には五百円玉ほどの傷があり、そこから骨の一部が露出している。いわゆる開放骨折だ。

「病院着きましたからね、いまから診察とか検査いろいろさせてもらうよ」

蜂須賀が外傷診療の手順に沿って、林の体を診察していく。

看護師が残りのズボンを大きなハサミで切り、すべての服を脱がせた。もう一人の看護師が、左腕から採血とルート確保を流れるようなスピードで行う間、瀧村は超音波で、林の体の中の出血を確認した。下腹部にシートベルトが食い込んだ傷はあるものの、超音波では胸腔や、腹腔と呼ばれる体内のスペースに出血を認めなかった。

「ＣＴに行くぞ」

患者がやや落ち着いたタイミングを見計らって、蜂須賀がベッドのロックを解除し、ＣＴ室へとベッドごと移動させる。

頭のてっぺんから骨折部の太腿が入るまでの全身ＣＴだ。こういった重症外傷では、全身のＣＴ撮影がほぼ必須である。患者をＣＴ台に固定して、ＣＴ撮影室の隣の操作室へとスタッフたちは退避した。Ｘ線のスキャンに合わせて、操作室のモニターに林の体の中の状態が次々と映し出される。

頭部には脳出血など、意識を悪くするような怪我はなかった。脳震盪はＣＴ画像からは否定できないが、やはりアルコールが大部分影響しているのだろう。年末のこの時期だから、忘年会の帰りなのだろうか。

ＣＴスキャンは胸部に差し掛かる。ＣＴに映し出された胸部ＣＴ画像を見て、蜂須賀と瀧村は言葉を失った。

左肺の下の方にしっかりとした肺炎像がある。胸部を強く打ち付けることによる肺損傷などでも肺に影ができることはあるが、この肺炎の画像は、まさに新型コロナウイルスに特徴的な画像だった。ＣＴスキャンを止めるわけにはいかず、そのまま続行した。

周りを見渡すと、現時点で患者と接触した病院の医療スタッフはＮ95マスクを着けている。しかし、残っている救急隊を見ると着けているのは通常のサージカルマスクだ。

瀧村は背筋が冷えた。どうしてこんなことになっているのだろうか。

ＣＴスキャンは腹部から大腿部までを映した。

腹部はパッと見た限りはひどい出血などはなさそうだ。膝の手前までＣＴが進み、一通りのスキャンが終わった。骨盤以下の損傷を確認すると、予想どおり右の大腿骨が骨幹部でまるでガラス細工のようにぽっきりと折れていた。

すぐに蜂須賀がサージカルマスクを患者の顔に掛けに行った。

「これ、着けておいてください」

「やめろ、なにすんねん」

林は自由に使える手で、マスクを着けようとする蜂須賀の手を払おうとする。

「新型コロナウイルスに感染している可能性があるんです」

その言葉にＣＴ撮影室にいたスタッフの表情が険しくなった。

「コロナ？　何言ってやがる。おれはもともと陽性や言われてるわ」

現場が凍った。救急隊の表情が固まっているのが、マスクをしていてもわかった。

結城が隊長の方を見る。

「いや、我々の聴取ではそんなことは一言も言っていませんでした」

「本当にそうなら、自宅待機を命じられているはずでしょう、どうして」

困惑しながら結城が呟いた。

「私もわかりません。交通事故事案でしたので、しつこくは聞いていませんが」

「隊長さんが、悪いんじゃありませんよ。ただ、大変なことになったなぁ。こんなことマニュアルに書いてない」

結城がＣＴ室に備え付けてあるコロナ患者対応マニュアルの紙の束を狂ったようにめくっている。

新藤と瀧村は、今撮ったＣＴ画像を操作室のパネルでもう一度詳しく見ていた。やはり、これまで何度も見てきた新型コロナウイルスの肺炎の初期画像に似ている。本人が嘘を言っている可能性もあるが、画像は嘘をつかない。すぐに抗原検査を行った方がよいだろう。瀧村がそう考えるより早く、蜂須賀の手には検査キットの長い綿棒が握られていた。

「ちょっと、すみません」

蜂須賀がその綿棒を林の鼻の奥へと入れて粘膜をこする。

「やめんかい」

林が体を揺さぶりながら抵抗する。

取り出した綿棒は看護師の手ですぐに検査室へと送られた。

「さて、どうしたもんか」

蜂須賀は少し考え込んだかと思うと、唐突に声を張り上げた。

「今からこのＣＴ室をレッドゾーンとする。ＣＴ操作室はグリーンゾーンだ」

「ゾーニングするんですか」

そう言ったものの瀧村自身は何をすればよいのか見当がつかない。

「あたりまえだ。ウイルスを外に広げたいのか？　救急に今来ている別の患者に感染させることだけは絶対に阻止する」

蜂須賀の目に曇りは一切なかった。

「レッドゾーンに入るのは、俺と瀧村と結城だ。あとは外に出ろ」

「先生、やはり胸部の画像、新型コロナウイルスの肺炎がすごく怪しいです」

ＣＴの操作室にいた新藤が、蜂須賀に声をかける。

「怪しいよな。他の画像評価は」

「はい、それ以外は頭部から腹部にかけて画像上はあきらかな損傷はなく、足は右大腿骨骨幹部の粉砕骨折でした。しかし腹部にシートベルト痕があるので要注意です」

「わかった。そうなると、オペだな」

蜂須賀は自ら頷いて、瀧村の方を見た。

「よし、新藤は整形チームにコンサルト。オペ室にも電話だ。新型コロナウイルス疑いの患者の大腿骨解放骨折の緊急手術。オペ室師長は卒倒するかもしれないが陰圧の手術室で手配してもらうよう、頼んでくれ。あと、瀧村は救急隊から申し送りを聞いて帰らせろ、コロナの結果がわかったら連絡すると伝えてくれ」

瀧村は頷いた。救急隊から聞いた現場状況を手早くメモすると、救急隊はげんなりした顔で病院から去っていった。

瀧村は急遽レッドゾーンとなったＣＴ室に戻った。

蜂須賀の剣幕に林はしぶしぶサージカルマスクを着けているところだった。

「ほんで、陽性っていわれたのは本当のことですか」

蜂須賀が林の目を見ながら訊いた。

「ああ、本当や。開業医受診して、ＰＣＲ検査受けて陽性やったと連絡あったで」

「なぜ、自宅待機しなかったんですか」

「家で酒飲んでな、知り合いから電話がかかってきたんや」

「それでも家を出ちゃだめでしょう」

「とにかく、これから緊急手術です。いいですね」

ようやく状況を理解し始めたのか、虫の居所が悪そうな顔をして痛みに耐えている。

「家族とは連絡取れたか」

蜂須賀がグリーンゾーンまで聞こえる大きな声で訊ねた。結城が目線をグリーンゾーンの看護師に送る。

「取れました。電話にいつでも出られるように言っています」

グリーンゾーンからガラス越しに声が届く。

「オペ室の準備ができるまで、このＣＴ室から患者を出さずにここで待つぞ。オペ準備と患者の安静のために、ここで挿管だ。瀧村手伝え」

「はい、わかりました」

そう言ったもののＣＴ室で気管挿管なんて聞いたことがない。

結城がＣＴ室の扉のところで、グリーンゾーンから緊急カートと薬剤一式を受け取る。

「プロポフォールとフェンタニル、エスラックス」

「瀧村、お前が挿管するか」

「はい、やらせてください」

瀧村は反射的に頭を下げた。

「俺が感染したくなくて言っているんじゃないぞ。お前の手技の練習のためだ」

蜂須賀に感染のことを言われて、瀧村は初めてそこに意識が向いた。言われてみれば、コロナウイルスの患者にこれまで挿管したことはない。

気管挿管は医療行為の中で最も感染の可能性が高いと言われている行為である。薬を使って患者にしっかり鎮静をかけ、筋弛緩がしっかり効いて体動がないことを確認しないと、挿管の手技中に患者の咳などで飛沫を鼻先の距離で浴びることになる。防護具を着けているとは言え、感染の恐怖が和らぐものではない。

結城が薬を注入する準備を終え、蜂須賀に合図した。

「そしたら、薬入れますからね。眠たくなりますよ」

蜂須賀の言葉で、結城が点滴のルートから各薬剤を慎重に投与した。

薬の効果が現れてくるまで、一分程度はかかる。林は観念したように、目をつぶって眉間にしわを寄せていた。薬剤を注入してから三十秒後、林のサージカルマスクを外してみる。この時点で林の反応はなくなっていた。

さらに三十秒後、完全に動かなくなった林の下顎を持って、口を開け、ビデオ喉頭鏡をのどの奥に向かってかける。わずかな明かりの先に左右に広がる声帯の奥に向けて、挿管チューブを画面のガイドに沿ってゆっくりと押し込んだ。

挿管チューブと気管を密着させるカフに空気を入れると同時に、林が大きく咳込んだ。

「人工鼻！　人工鼻を着けろ」

瀧村は結城から渡された人工鼻と呼ばれる挿管チューブの根元にウイルスなどの放出を防ぐ

フィルターを急いで着けた。

周囲にコロナウイルスが飛び散ったようだ。「ようだ」としか推測できないのがウイルス一般の恐ろしいところである。どれだけ飛び散ったか、どこまで漂っているのか、コンピューターシミュレーションではわかっても、一般の現場では全くわからない。

その時、グリーンゾーンからガラスを叩く音がした。見ると、「コロナ抗原陽性」と大きく走り書きされた紙をこちら側に見えるようにガラスの窓に張り付けている。瀧村は喉を鳴らした。間違いなく、この空間にウイルスが密集している。途端に自分のマスクがしっかりフィットしているかが気になった。ただ、蜂須賀はＣＴ室に備え付けの簡易人工呼吸器を立ち上げて呼吸のモードを設定しているし、結城は挿管チューブを林の口元にテープで固定していた。それぞれが自分の仕事に集中している姿を見て、瀧村は自身の気の弱さを痛感した。しかし、それでもやはり怖いものは怖いのだ。

挿管チューブに人工呼吸器がつながれて、人工呼吸が開始された。

その間に結城がもう一度、林のバイタルサインを測る。

「血圧97の41、レート１１０です」

「血圧ちょっと下がったな」

「鎮静剤のせいですかね」

瀧村が答えた。

「だといいけどな。救急医は常に最悪のことを考えているんだ。エコーを持ってきてくれ」

蜂須賀が瀧村に目で指示した。

グリーンゾーンからポータブルエコーを受け取り、電源を入れた。

ＣＴ室は陰圧室ではない。扉が開くごとに、中の空気は確実に外に漏れている。しかし、ＣＴ室は放射線を遮ることのできるほどの完璧な個室だ。少しでもコロナウイルスの拡散を防ぐための判断を、蜂須賀は瞬間的にしたのである。その都度ベターな判断をしていくしか、こんな緊急事態には対処できないのだ。

蜂須賀がエコーをセットアップし、超音波のプローベの先端を林の腹に当てた。

「いかんな」

「どうしたんですか」

「腹腔内出血だ」

蜂須賀はポータブルエコーのモニター画面を指さした。

血や水がたまっている場合は、エコーフリースペースと呼ばれる黒い画像が現れる。

そこにはモニター画面の下半分を墨汁に浸したような黒一色の世界が映っていた。

「出血ですか。さっきのＣＴではそんなのなかったのに」

「だから外傷は面白いのさ。予想を裏切ってくるからな」

蜂須賀は不敵な笑みを浮かべていた。この状況を面白いと言えることに、瀧村の頭はついていけない。

「オペ室から電話はまだか」

「まだです」

グリーンゾーンから声が届く。

「俺が電話する。ピッチを投げてくれ」

操作室の扉の隙間からビニール袋に入ったＰＨＳが蜂須賀めがけて投げられた。

「瀧村、暇そうにしていないで、マーゲンチューブを入れておけ」

「わかりました」

「救急外来ではな、手を動かさない時間などないぞ」

蜂須賀がビニール袋越しにＰＨＳを操作して電話をかけた。両手が使えるようにハンズフリーにしている。相手はオペ室の師長だろう。

「患者が腹腔内出血した。開腹術が優先する。出血の程度次第だが、その後に大腿骨も一気にやる。あと何分で準備できるんだ？」

一つ一つの言葉に力が入っている。

「開腹術も？　そんな簡単に言わないでください。コロナ疑いの人の手術は準備時間がいつもの三倍ぐらいかかるんですよ！　オペ室の機材を一旦全部外に出さないといけないし」

師長の甲高い声がＣＴ室に響いた。

「入室が遅れて患者が死んだら意味がないだろう」

蜂須賀は低い声で凄みを効かせる。

「はいはい、もちろんこっちも全力でやってますよ」

「頼むよ」

電話が切れたみたいだ。瀧村は鼻から胃まで細い管を送っているが、なかなか入らない。筋弛緩が効いているので、患者の動きは全くない。瀧村は心電図モニターを見た。血圧85の59、脈拍は１２１とまた一段と悪い方へと数字が延びているが、命はつながっているようだ。

フェイスシールドをして手袋を二重にしていると、今目の前にいる患者が本当に生きているのか死んでいるのかさえ、正直モニターを見ないとわからない。

「輸血きました！」

輸血用の点滴ルートを組んでいた結城のもとへ濃い赤色をした血液製剤が投げられる。蜂須賀が確保した点滴ルートが林の皮膚に固定されると、輸血用血液がクレンメの先に接続され、そのルートの中を深紅の液体が患者の方へと流れた。

「瀧村まだか？」

「すみません」

焦ると、マーゲンチューブの先が何度も折れて口の中でとぐろを巻いてしまい、その先の食道や胃までチューブが進まない。

「貸せ」

蜂須賀がチューブを奪うと、これでもかというくらい患者のなかに左手を押し込み、指を使ってチューブの先端を食道のほうへと誘導させた。

「ほら、入ったぞ」

「すみません、ありがとうございます」

「オペ室、入室準備整ったそうです！」

グリーンゾーンの方から勢いよく声があがった。

「よし、行こう」

院内放送でコードグリーンがかかると信号は青に替わった。ストレッチャーに乗せた林を、蜂須賀と瀧村が安全ギリギリの速度でオペ室まで運んだ。

オペ室には、オペ着とN95マスク、フェイスシールドという重装備を着た、機械出しのオペ看と麻酔科医、それから救急科の一般外科担当の菊池がスタンバイしていた。

患者をその三人に受け渡すと、蜂須賀と瀧村は前室に戻り、蜂須賀はすぐに手洗いを始めた。

「僕も手術に入った方がいいですか」

瀧村は前傾姿勢で手を洗っていた蜂須賀に声をかけた。

「入った方いいですかじゃない、入るんだ。俺と菊池の二人で出血の手術は結構きついぞ」

大急ぎで手を洗い、清潔の状態でオペ着を着る。両手を胸の高さより上にあげながら、蜂須賀とともに手術室に入ると、菊池がすでに第一刀を入れようとしていた。

第一助手の位置に蜂須賀、第二助手の位置に瀧村がついた。手術の助手は、初期研修二年目で外科をローテーションしたとき以来だ。後期研修では手術のない内科を選択したのに、いつの間にか両手には大きな筋鈎《きんこう》を握っていた。

皮膚が筋膜、腹膜ごとほとんど一太刀に切られると、腹腔内から赤黒い血液が一気に流れ出した。その血はドレープの上を通ってオペ室の床に落ちた。雫というよりもマグマのように一部が固まった凝血塊が、床を赤く染めた。

「思った以上に出血していますね」

菊池が術野を見ながら冷静な声を出した。

「頭も打っているからな、凝固系が狂い始めてるかもしれん」

「出血部見に行きます。タオルください」

機械出しの看護師が、滅菌の白いタオルを束にして菊池に手渡した。それをまとめて、腹腔内の臓器に押し当てるようにしてどんどん術野に入れていく。人間の腹腔、つまりお腹と呼ばれる部分は思った以上に広い。菊池の肘あたりまでが、林の腹腔内に入っていく。

「タオルおかわり」

絶対に入らないと思える量のタオルが林のお腹の中に詰め込まれている。

「何やっているかわかるか、瀧村」

蜂須賀の問いに瀧村は首を傾げた。

「これで術野を一旦ドライにしてるんだよ。血まみれの術野じゃ、どこから出血しているかわからんからな」

「じゃあ、タオル取りますね、まず肝周囲、傍結腸、ダグラス窩、脾周囲……」

菊池の手が止まる。

「脾臓ですね。他はなさそうです」

「脾臓単独損傷か」

「重症度分類四型の脾損傷ですね。脾摘しましょう」

瀧村はその会話の全てについていくことはできなかったが、少なくともこれから脾臓が摘出されることは理解した。

そのとき、整形外科のチームが入ってきた。

「蜂須賀先生、ヘルプしますよ」

「ありがとう、瀧村の場所と変わってくれ。瀧村、お前は降りていいから、ＩＣＵに戻ってベッドを見てこい。今日ＩＣＵを退室した陽性患者がいるから、感染者用のベッドが埋まってなければ一つ空いているはずだ」

「わかりました」

プレッシャーのかかる第二助手を降りられたという安心感もあったが、最後までこの手術が無事に終わるのかを見届けたい思いもあった。

瀧村は黙って手袋を脱ぐと、部屋の隅におかれた感染用のゴミ袋に丸めて捨てた。

「先生、その格好で外でないでね。外はグリーンゾーンだから。オペ着はここで脱いでいって」

外回りの看護師が瀧村に声をかけた。コロナ対応のオペは色々と決まりがあってややこしい。通常時ならオペ着は外のランドリーボックスに入れるはずだった。

オペ着を脱ぐと、スクラブにびっしょりと汗をかいていた。

Ｎ95マスクを着けてのオペはこんなにも大変なのか。術者はこの息苦しさの中で精神を限界まで集中させて手術をしている。もちろん一番大変なのは患者自身に違いはないが、この禍の中で精神をすり減らすのは内科医だけではないことが身に染みてわかった。

12

自販機でペットボトルのお茶を買って、中身を一気に飲み干すと、ＩＣＵに向かった。

ＩＣＵでは救急科の中谷が、「特等席」に座っていた。ここはＩＣＵを見渡せるスタッフステーションの一番見晴らしの良い席であり、その日のＩＣＵ当番になった救急科の医師が座る指定席である。

「特等席」に座る医師はＩＣＵの全ての患者を把握し、その日の治療方針を決める。もともと入院中の患者が重症化した場合など他科に主治医のいる場合は、治療方針を相談して共有し、時に新たな治療を提案するなどの仕事がある。

この病院に瀧村が赴任した四月に、瀧村がうっかりこの席に座ったので、周囲の看護師から救急科の新任医師と間違われ、冷や汗をかいたことがあった。

中谷に挨拶して、コロナ患者用の重症ベッドが一つ空いているかどうか確認した。

「もちろん、空けておいたよ」

中谷がＩＣＵの一番端の一床を指さした。

「ありがとうございます」

軽く下げた頭に、少し疑問が浮かんだ。
昨日は確かにそこに患者がいたはずだ。良くなって中等症になったら、六階に行くはずだが、六階も満床だったはずだ。

「先生、このベッドにいた患者さんはどこ行ったんですか」

「どこって、天国だよ」

あっけらかんとした表情で中谷は答えた。

「今日の昼前に亡くなったんだ」

「そうなんですか」

「そう、うちのコロナ重症患者ではじめて亡くなった」

「そうですよね。重症は先生たちの手で、ほとんど回復していましたよね」

「いや、基本的にはコロナは患者の免疫力で治るわけだから、こっちの力というよりは今までは患者さんの力そのものが強かったんだと思うよ」

「亡くなった患者さんは、何歳だったんですか」

「えっと七十二歳の男の人だったかな」

「七十二歳ですか。高齢というほどではないですね」

「いやいや十分高齢だよ。それに基礎疾患もあったからね。最初から救命は難しいって家族に話してあったくらいだから」

　中谷の言葉に温度があるとすれば、それは人肌よりも低いような感じがした。

「ベッドが空いていたと、安心した自分がなんか恥ずかしいです」

「集中治療はそんなものだよ。限られたベッドに限られた医療者。それでどんどん来る重症患者を捌いていかなくちゃいけないからね」

「そうですよね。いちいち落ち込んでいたらここでは仕事にならないか」

　集中治療を担うのであれば内科の後期研修で身に着けた臨床感覚を一度は捨てないといけないのかもしれない。

「そうだよ。死亡が一つ増えて、重症患者の人数が一つ減っただけさ。大阪全体の数のね。それ以上でもそれ以下でもないよ」

　瀧村はそれに対する返事ができなかった。コロナ重症ベッドにいる瀧村の受け持ち患者である森山の診察を行うことを辛うじて伝えた。

　スタッフステーションから見渡すと、今日もレッドゾーンの病室では看護師たちが患者の体交をしたり、痰を取ったりと忙しい姿がガラス越しに見える。ＩＣＵの電子カルテ端末の前に座ると一気に疲れが押し寄せてきた。今日一日でレッドゾーンからグリーンゾーン、グリーンゾーンからレッドゾーンを何回越えればいいのだろうか。まだ、六階の感染病棟の患者たちも回診が終わっていない。

個室で管理されているうちの一人である森山は、昨日から徐々に酸素化が下がってきている。循環のパラメーターは数字上は落ち着いているものの、血中の乳酸値が上昇しており、体の隅々まで血液が届かない循環不全の兆候が出始めているようだ。ただ、幸い呼びかければしっかり反応があるようで、看護師が先ほどから耳元でしゃべりかけては、森山が頷いたり、首を横に振ったりしている。

瀧村は森山の病室の前で防護服に身を包んだ。今日防護服を着るのはオペ室を合わせればすでに三回目である。

森山は病室に入ってきた瀧村の顔を見るなり、しきりに何か訴えてきた。

「先生、挿管チューブが苦しいらしいです」

隣にいた看護師が、小さなホワイトボードを見せてきた。そこには、ミミズのような字で書かれた、「のど　くるしい」の文字があった。森山が抑制された手で書いたものなのだろう。

「森山さん、苦しいですか」

瀧村が話しかけると、森山は首を大きく縦に振った。挿管チューブと人工呼吸器の間にある、蛇腹のチューブが大きくしなる。

「あまり激しく頭を動かさないでくださいね」

優しい声色とは裏腹に看護師の表情には厳しいものがあった。

「先生、森山さんかなり体動が激しいです。点滴とか挿管チューブのデバイスが抜けそうです。もうちょっと落ち着いてもらえませんかね」

医療者が計画的に挿管チューブを抜く計画抜管と異なり、アクシデントで挿管チューブが抜けてしまうことを事故抜管という。抑制の解かれた患者が自分で挿管チューブを抜いてしまう自己抜管もそのうちの一つだ。

医療者は事故抜管を常に注意している。なぜなら事故抜管は、死につながる恐れがあるからだ。抜管を目撃してすぐに再度挿管を試みても、そこまで何分かは時間がかかる。人工呼吸器の強力なサポートを受けている患者では、その間酸素が体に送り込まれず、すぐに低酸素血症を起こし、時間にして数分以内に心停止する。

延命治療を拒否する患者への終末期の選択肢の中に、人工呼吸器を外すという方法が取られにくい理由がここにあるのだと瀧村は思っている。延命治療を拒否するという明確な意思表示があっても、一度着けた人工呼吸器を外すことに抵抗を感じる医療者の心の葛藤は、人工呼吸器を外すという作為から死までの時間が極端に短いことに起因しているのではないか。

森山の頭が再び、縦横と激しく動く、早く挿管チューブを取ってほしいと目と体で訴えている。森山のように体動が多く、デバイスが多い患者には事故抜管が起こりやすい。挿管チューブがどこかに引っかかって、それが上半身の動きで一気に抜けることも過去には起きたことがあるらしい。ＩＣＵに配属になった看護師がまず徹底的に叩き込まれるのが、それらの事故を起こさないように注意することなのだ。

「もう少し、鎮静剤を追加しますか？」

「そうですね、プロポフォールを三の目盛りまで上げてください」

プロポフォールは強力な鎮静薬である。全身麻酔の導入や維持にも使われる、患者の意識を落とす薬である。ＩＣＵにおいては、特にエクモや挿管患者は全身に太いチューブをいくつも刺され全身の苦痛が強い。患者の覚醒度を見ながらプロポフォールなどの鎮静薬を使って軽く夢を見ているような状態にしておかないと、完全に覚醒させた患者にとっては治療といえども針の上に寝かされたような生き地獄そのものを体感することになるからだ。

「ちょっと眠たくなるかもしれませんが、診察始めますね」

瀧村は森山の胸に聴診器を当てる。前胸部とベッドに接するぐらいの背面まで、一回一回の聴診を丁寧に行う。やはり、背面の音が極端に悪い。胸の上り具合や痰の性状を確認しながら、全身くまなく診て回った。足のむくみを診終わったところで、少し考え人工呼吸器の設定をさらに強くした。

その設定を頭で記憶して、防護服を脱ぐと、先ほど使っていた電子カルテで人工呼吸器の設定変更についての記載をした。

今後の治療方針について考え込んでいた時、瀧村は無意識にスクラブのポケットに手を入れた。冷たく、四角いものが触れた。何気なく取り出してみるとそれはホットラインの携帯電話だった。すぐに開いて確認したが、着信履歴は残っていなかった。

今の今まで忘れていたが、ホットラインを持ったまま手術をしていたことになる。

もし手術中にホットラインが鳴ってしまったら、その時が手術の山場だったらと考えると肝が冷えた。

その時突如コードグリーンの院内放送が流れた。瀧村は一瞬ビクリとした。

「繰り返します、コードグリーン、手術室から集中治療室」

このタイミングで手術室からコードグリーンがかかるとなると、蜂須賀たちのオペが終わったのだろう。ただ、思った以上に早い。オペ室で何かあったのだろうか。

オペ室と直通しているＩＣＵの第二扉が開き、蜂須賀と菊池を先頭にして、患者を乗せたベッドが運ばれてくる。

林の挿管チューブにつながれたバッグバルブマスクを蜂須賀が手で揉みながら、林の肺に酸素を送っている。先頭の二人の影に隠れて、神津がベッドを押していた。

瀧村と目が合った神津が、目を細めてこちらの方に鋭い目線を送ってきた。

ベッドはそのままＩＣＵの左端の空きベッドの部屋に吸い込まれた。朝までは人の温もりがあったベッドだ。

瀧村はその個室の前まで近寄った。ガラス越しに、林が人工呼吸器につながれているところだった。骨折した右の脚には、金属のやぐらのようなものが立っている。

蜂須賀が、防護服を脱いで病室から出てきた。

「暑い。死ぬかと思った」

青いスクラブは汗ですべてが濡れて紺色となっており、絞れば汗がしたたり落ちそうだ。髪の毛も濡れて、額にべっとりと張り付いている。瀧村がたった十数分オペ室にいただけでも、汗が噴き出たくらいだ。一時間以上もいたら、極度の脱水状態になっていてもおかしくはないだろう。

お疲れ様でした、と蜂須賀に挨拶をする。

「おう、ベッド空いていて助かった。しかし、ウイルスと汗にまみれて一刻も早くシャワー浴びたいわ」

そう言って、蜂須賀はＩＣＵの出口に向かっていった。

続いて、菊池と神津も同じように汗でスクラブの色を変えて、病室の外に出てきた。

「神津くん、ありがとう。助かったよ」

菊池が神津を労った。

「いえ、こちらこそ。ありがとうございます。外傷の手術症例が専門医取得のためにどうしても必要で。勝手に手術飛び入り参加してすみません」

「いやいや、またいつでも来てよ。人が多い方が助かるからさ。じゃまた」

菊池が愛想たっぷりの顔を見せて、その場を去った。

「神津、お前オペ入っていたのか」

瀧村が怪訝な顔で問いかける。

「そうだよ。参加させてもらった。オペ室の監視カメラで外科の術野見てたら、隣の手術室のカメラに筋鈎を持っているだけの瀧村が写ったからな、これは替わった方がいいかなと思って」

「力いっぱい引いていたよ」

瀧村が言い返す。病室では看護師が林の右脚についた重そうな金属のやぐらが安定して置ける位置をベッドの上で探していた。

「足のあのやぐらは？」

瀧村が思わず神津に訊いた。

「ああ、あれは創外固定だよ。お腹で大量に出血してたからな。手術長引かせるのはだめだから、脚の骨についてはひとまずこの金属のやぐらをつかって仮の固定だな。骨折の根治手術をスキップしたから、そこまで長く時間かからなかったんだよ」

「ということはまだ手術は続くわけだ」

「そうだな。でもおれはもういいや。後は整形だし。あのマスクを着けたままオペ着を着て、暑い手術室で手術をするのがどれだけ大変かわかった」

「まあ、本当だよな。お疲れさんでした」

神津の汗を見ながら、お互いのためにこれが一日何件も続くことなどないようにと願った。

「貸しができたな」

神津が瀧村の顔を見て言った。

「貸し？」

「お前の代わりに手術入ってやったんだから、そうだろう」

「それは話がまた別じゃないか。お前が好きで入ったんだろう」

「まあ、そう固いこと言わずに。また今度コロナ患者の診察とか治療とかいろいろ教えてくれよ」

「お前が一人でコロナ患者を診るのは、医療崩壊したときぐらいだから大丈夫だよ」

瀧村は笑いながら、神津の肩を軽く叩いた。

神津は何も言わず、汗に濡れた髪をかき上げて去っていった。

これでコロナ患者の重症ベッドは再び満床になった。空いては埋まりの繰り返しで、命の渋滞が起きている。今日はなんとか流れてはいるが、明日はどうなるか本当にわからない。

13

瀧村は、病室の可動式テーブルの上に一枚の紙を置いた。今朝撮った戸谷の胸部単純レントゲン写真を印刷した紙だ。戸谷はその紙をまっすぐにして、寄り目になるほど真剣に見つめている。

「戸谷さん、ここを見てください」

瀧村は左の胸の下あたりの白い部分を指さした。

「ここは、右と比べて白くなっていますよね。これは胸水が、胸の水がまた溜まってきているんです」

「またですか」

戸谷はため息交じりに頬杖をついた。

「そうです。おそらく前回と同じ原因で、つまり肺炎によって胸水が再度溜まっているのだと思います」

「それじゃあ、肺炎は良くなっていないってことですか」

「現時点では良くも悪くもなっていません。水によってつぶれた肺にばい菌が付きやすいのかもしれません」

「この水はまた抜かなければなりませんか」

戸谷が瀧村を見上げて言った。

「呼吸が苦しくなるようでしたら、考えます」

「今は全く苦しくないですね。強いていうなら、最近ちょっと胸がチクチク痛いような気がします」

戸谷は胸の中心辺りを触りながら言った。

「胸が痛い？　締め付けられるような痛みですか」

「いやそういう痛みではなく、動いたときにチクチクとした痛みが走りますね」

「それならば、心筋梗塞のような病気ではなさそうです。おそらく咳のし過ぎではないかなと思います」

「じゃあ、大丈夫か」

戸谷の目元が少し緩んだ。

「今は抗生剤の治療をもう少し続けましょう。必ず良くなります」

なかなか治らないと感じているのは瀧村も戸谷も同じだった。しかし、それを主治医が悟られてはならない。あくまで治りにくいが治す方法はあるということを伝え続けるしかないのである。


　数分後、瀧村の姿はＩＣＵにあった。昨日手術を乗り越えた林の容態はなんとか安定しており、挿管チューブが抜かれて人工呼吸器から離脱していた。

　ＩＣＵの重症コロナ用ベッドが完全に埋まっているとコロナ患者のベッド移動が何一つできないため、リスク覚悟でいつもより二日ほど早く挿管チューブを抜いたという。幸い、昼過ぎまで何もトラブルは起こっていない様子であったが、林の体にはまだ多くの点滴がついていた。

　隣のベッドには森山がいる。病室の中の様子を確認すると、呼吸器の設定はさらに強い条件になっていた。このままだと年内に良い兆しがみえないかもしれない。瀧村の苦い表情が病室の窓に反射した。ふいにその窓に蜂須賀の姿が写った。振り返るとこちらを鋭い目つきで睨みながら仁王立ちしている。

「瀧村、お前昨日森山さんの鎮静剤増やしただろう」

「プロポフォールですか」

「そうだ。看護師に言われて、増量しただろう」

「はい、体動が多いと言われて、鎮静の強化が必要と判断しました」

「ばかやろう。なぜそれでプロポフォールを使うんだ。そもそも体動が多い原因はなんだ」

「痛みですか？」

森山が書いたホワイトボードを思い出した。

「痛みだろ？　同じ体勢で二時間も寝ていたら、体だって痛くなるだろう。挿管チューブも苦しくて痛いだろう。じゃあなぜ、そこで鎮静剤なんだ」

「それは……」

「痛みの強くて暴れている患者にな、すぐに鎮静剤を使うのはおもちゃが欲しくて泣いている子どもを無理やり口を封じて黙らせるやり方なんだよ」

「すみません」

瀧村は深々と頭を下げる。頭を下げるべき相手は森山の方なのだが。

「まずは、コミュニケーションだ。なぜ今こんなにチューブが体についているのか。口に太い管が入っているのか、ちゃんと説明したか」

「していないです」

「それで体動が収まる患者も実際にいるんだぞ。ＩＣＵはな、意識がない患者も多いが、意識があるなら積極的にコミュニケーションをしろ」

「わかりました」

「そのうえで、痛みが原因だとわかれば、鎮静剤ではなく鎮痛剤を使え。同じように見えるが、全然違うぞ」

「コミュニケーションで心の痛みを、鎮痛剤で体の痛みを取ってあげるんだ」

瀧村ははっとした。コミュニケーションは診療の基本である。医学生のころから十分にそれを学んできたつもりであり、普通の患者で心がけていることを、コロナの患者には行えていない。

体動が増えれば、挿管チューブのわずかな隙間から飛沫が飛んで、医療者が感染するリスクがある。それを心のどこかで恐怖に感じて、静かにさせるための鎮静薬を増量してしまったのではないかと思った。

コロナウイルスが治療する側の心の弱さに付け入って、不安を増殖させている。恐怖と闘いながら治療をするのはやはり簡単なことではない。しかしそれを一年近くも重症患者に行っている治療者もいるのだ。去っていく蜂須賀の背中がやけに広く見えたと同時に、自分の治療の考えの浅さに気持ちが沈んだ。

14

医局の電子カルテで週明けの戸谷の採血結果を見て、瀧村は驚いた。炎症反応の値が前回の二倍ぐらいに悪化している。この値が上がっているとなればやはり強い細菌感染があるのだろうか。今日の朝のレントゲンでも胸水がわずかに増えている。肺炎の悪化は疑わしい。しかし、その割に血中酸素の値は保たれている。

瀧村は呼吸器内科の席へ急いだ。水野を見つけて戸谷のことを話した。水野は再度胸水を穿刺することを提案した。胸水の性状が変わっているかもしれないので確かめておく方がよいというのがその理由だった。

胸水穿刺か。瀧村の心に嫌な思い出がよみがえった。胸水穿刺のまれな合併症に再膨張性肺水腫がある。戸谷がまたそうなったら、目も当てられない。

「性状を見るってことは、感染性の胸水かどうかを判断するということですよね」

医局の電子カルテ端末の前に座った水野の横で、瀧村は立ったまま質問した。

「そうだな。胸に水ではなく膿が溜まっている可能性がある」

水野は電子カルテを立ち上げ、コーヒーを啜りながら戸谷のレントゲン写真を過去のものと見比べている。

「膿胸ですか」

膿胸とは肺炎等で、肺の中の炎症が外側のスペースである胸腔に波及し、膿性の液体が溜まる病気である。

「胸痛も訴えていたんだろ。膿胸であれば話があう」

「そうですね。でも膿胸でも抗生剤の治療が原則ですよね。溜まっている液体はまだ少ないですし、もう少し様子をみてもいいですか」

「まあ、お前がずっと診てきた患者なんだからお前が一番よくわかっているだろう。穿刺にもリスクがあるからな、今すぐ刺さなくてはいけないという状態でなければ、抗生剤をもう少し強いものに替えて経過をみてもいいんじゃないか」

水野の言葉に瀧村は何度も頷いた。


八階を訪ねて戸谷の部屋の扉を開けると、戸谷は横になっていた。

「あれから胸の痛みはどうですか」

恐る恐る瀧村が訊ねた。

「うーん、そんなに変わらないね」

「今日の採血結果なんですが、炎症の値がさらに高くなっていました」

「えっ、それって肺炎が悪くなっているってことかい」

廊下にも聞こえそうなくらいの大声で戸谷が言った。

「そうですね、その可能性が高いと思います」

「先生、この肺炎良くなる可能性あるの」

肩を落としながら、戸谷が静かな声で訊く。

「抗生物質をもう少し強いのに今日から替えようと思っています。それでしばらく様子を見させてください」

「わかりました。先生、紅白歌合戦は家で観られないよね」

今日は十二月二十八日の月曜日。大晦日まであと三日しかない。

「さすがに厳しいかもしれません。申し訳ありません」

「まあ、先生が謝ることはないよ。この年齢だし、自分の体にガタが来てるのさ。コロナの影響で年末に誰かが来ることもないし、病院で過ごすよ」

「面会できないのが辛いですよね」

この病院ではもう一年弱、家族であれ入院患者との面会は禁止されたままだ。

「そうだね。何もかもコロナのせいで変わってしまった」

病院が休業日である今日月曜日の救急科の朝のカンファレンスは、いつもより一時間遅い開始時間で、その日の勤務者と瀧村だけで行われた。議題の中心は急激に状態が悪くなっている森山の治療方針である。

森山の肺はすでに酸素交換できる正常の肺がごくわずかとなっていた。結局、短時間の議論の末にエクモの導入が決まった。年末になればなるほど、人手が少なくなることが病気の勢いよりも影響したかもしれない。

カンファレンス終了後に蜂須賀、中谷と主治医の瀧村でエクモの導入が始まった。ベッドサイドで二人の救急医たちが素早くエクモのカニューレを入れていく。瀧村は助手をしながらそれを介助した。この週末ほぼ予習した手順通りに、蜂須賀たちが物品を要求してくるが、その物品を渡すのに精一杯で、実際の手技を学ぶことに関してはなかなか目がついていかなかった。

エクモが確立すると、森山の唇や指先の色が改善していくのが見えた。ここから先は待ちの医療が中心となる。自分の肺の代わりに、エクモが酸素を血液にのせて体中に供給してくれるため、人工呼吸器の設定は極限まで弱い設定になる。理論上は人工呼吸器を外すこともできるが、少しずつでも肺をわずかに動かしておかないと、却って肺にわるいのだという。人間の体はこんな時も働き者だ。

そこから二日間、森山も戸谷も大きな変化はなく過ぎた。迎えた大晦日の朝は、マスクをしていても鼻の中が痛くなるほど寒い朝だった。瀧村の今日の予定は、昼までフリー業務で、午後から朝まではICUで泊まり勤務だ。瀧村はまず八階に向かい、戸谷の採血結果を確認した。採血項目のいくつかが赤い数字になっている。白血球、CRPといった炎症の数値がまた悪くなっていた。ここまで抗生剤の治療に抵抗性ということは、水野の言う通り胸に溜まった水に感染を起こしているのだろう。抗生剤を強いものに変えても、一度感染した胸水にはなかなか効果が出ない。

数字の横に高値を示すHの記号のついた採血結果をプリントアウトして、戸谷の部屋へ向かった。治療をしても一向に良くならない患者を訪室するときは、やはり足取りが重い。

病室の扉の前で名前を呼ぶと、戸谷はテレビの画面に真剣な眼差しを向けていた。

「先生、今日東京の感染者千人超えるかもしれんね。緊急事態宣言出るかな」

「出そうですね」

テレビに映る専門家が、折れ線グラフが書かれたフリップボードを指さして語気荒げに何かを説明していた。

「今日の結果どうでしたか」

戸谷の言葉に、瀧村はテーブルの上に検査結果の紙を静かに置いた。

「炎症の数値はやや上がっています」

「一体何が原因なんです？」

戸谷は天を仰ぐようにして言った。

「その原因を突き止めるために胸の水をもう一回抜かせていただきたいのです」

「あれかあ。また呼吸が苦しくなったりしないですよね」

「抜く水の量は前回よりは少ないので、前回のようになる可能性は少ないと考えていますが、肺が膨らむ以上可能性はゼロではありません」

「まあ、でも刺さないと良くならないんでしょう」

戸谷は怪訝な顔をする。

「この数日間の経過をみると胸の水の性状が変わって、膿になっている可能性があると思います。それを確認し、膿ならチューブを胸の中に置きっぱなしにします」

「置きっぱなしってどれくらい？」

「今の時点では一週間から二週間ぐらいです」

「二週間かぁ、長いな。でも良くなるためにはやらないといけないよね」

瀧村は黙って頷いた。

「なら、痛い処置は今年のうちにやってくださいな。新しい年は、いい検査結果で迎えたい」

病棟に回診に来ていた水野をつかまえ、事情を話し、処置の際の立ち合いをお願いした。病棟の倉庫から必要物品を持ち出し、五階の循環器内科病棟から超音波装置を借りてきた。瀧村は前回同様に、超音波で胸に溜まった液体の位置を確認した。

処置用の清潔手袋を装着したところで水野が病室の前に現れた。扉に寄りかかるようにして腕を組むと、準備を続けるように目で合図を送ってきた。

滅菌ドレープを掛け、局所麻酔を行い、超音波をガイドにしながら注射器をつけた針を胸の中へと進めていく。皮膚、筋肉を超えて、3センチほど進めたところで胸壁の最も内側にある胸膜を突き抜けた感触が手に伝わってきた。針の先端が、液体の溜まっているスペースに抜け出た状態だ。その場所でシリンジにさらに陰圧をかけると、濁った黄色の液体が注射器の中に引けてきた。膿そのものとまではいかないが、感染性胸水の所見だ。すなわち胸腔に溜まった胸水に細菌が感染して、これが熱や胸の痛み、炎症反応の上昇を起こしていたのだ。

瀧村は、どんどん引けてくるその濁った胸水をシリンジで引けるだけ引いた。注射器一本では足りず、二本、三本目も必要だった。その数が増えるほど、濁りはつよくなり、クリーム色に近い膿が引けてきた。瀧村の後悔はどんどん強くなっていた。もっと早くに穿刺をしていれば、こんなに膿が溜まることはなかったかもしれない。

　穿刺の針をガイドに、医療用の柔らかいチューブを戸谷の胸腔へと留め置いた。このチューブを通して吸いきれなかった膿が、自然と体の外へ出る仕組みだ。チューブを皮膚に固定して、滅菌ドレープを剝がした。

「終わりました。お疲れ様でした」

「ありがとう。何も起こらないといいけど」

「引く量は最小限にしています」

「わかりました。先生にお任せしていますよ」

「ありがとうございます」

　瀧村はゆっくりと頭を下げた。

「明日から良くなりますか」

　戸谷が病衣を直しながら瀧村に訊ねた。

「体の中の膿を外に出しているので、理論的にはよくなるはずです」

「そうか、よかった。チューブにつながれた年越しは七十八年の人生で初めてだな」

「すみません。治療期間が長くなってしまって」

「いやいや、一生懸命治療していただいているのだから、しょうがないですよ。それに四十年ぐらい前にはね、大晦日の日に交通事故に遭ったこともあるんだ。その日が人生で一番最悪な日だったね。その日のことを思えば、今日は悪い日ではないですよ」

「これから、しばらくこのチューブを通して、胸の中の空間を綺麗にさせてもらいます」

処置で使った道具を片付けながら、瀧村は言った。

「わかりました。先生も大変ですね、毎日こんな爺さんの世話をすることになるんだから」

「いえ、とんでもないです。これも治療ですし、その方が早く治ると思いますので」

道具をまとめて部屋を出ようと扉を開けた。

「今年はお世話になりました。先生、良いお年を」

瀧村の背中に戸谷の声が届いた。

「良いお年を」

瀧村はそう言いながら部屋の扉をゆっくりと閉めた。

「あの爺さん、いい患者だな」

病棟の廊下を歩きながら水野が瀧村に声をかけた。

「本当にそう思います。僕のせいで入院が長くなっているのに」

「でもお前はそれに甘えるんじゃないぞ」

「甘える？」

「採血結果をいいように解釈して、治療介入のタイミングを遅らせたり、患者に苦しい治療をさせないで、回り道の治療をするなよ」

耳が痛い話だった。

「俺たちは患者の痛みを知らない。だから治療ができるんだ。負担が大きい治療でもそれが患者のためだと思えば回避するな。優しい患者には、優しい治療じゃだめなんだ」

「優しい治療かどうかはわかりませんが、正しい治療をしていると思っています」

「何が正しいかどうかは神しかわからない。ただし、俺たちは治療結果に責任を持たないといけない。それが患者の基礎疾患がどれだけ悪くても、治療結果には責任を持て。責任を持てないのなら、一人で判断するな」

水野はそう言い残して姿を消した。


病室を後にした瀧村は、六階の感染病棟に残った中等症の最後の一人、竹若を訪ねた。今日までにコロナ中等症で受け持ちだった患者は無事に退院していた。

「先生、大晦日も働いてるんか。大変やね」

聴診をする瀧村に向かって、酸素吸入をしながら竹若が言う。竹若も吸入する酸素の量はここ数日でどんどん減ってきており、一時を思えば随分と良くなった。

「仕事ですから」

　若手のうちは大晦日に休めることなど珍しいと瀧村は思う。

「東京の感染者はすごいな。大阪はみんなよう自粛してるから、あんまり増えてないな」

「そうですね。でもこの年末年始に人出が増えて年明けには感染者がまた増えると思いますけどね」

「そうやな、こんなとこいなかったら忘年会してたんやけどな」

「また感染しますよ」

　マスクの下で厳しい表情を作りながら、瀧村は言った。

「いやいや、一回感染したら抗体ができるって話やろ。そしたらほぼ無敵やないか」

「そうかもしれないですけど、みんな自粛しているんです。僕だって飲みたいのに我慢してますから」

「まあ、先生にはお世話になっているからな、言うことは聞くよ。でも早くこのコロナ禍が終わって皆で飲みに行きたいよな」

　その言葉には心の中で激しく同意した。

回診のカルテを書き終えると、時刻はすでにICUの当直開始時間になっていた。泊まり勤務では、基本的にはコロナ患者の状態の維持と有事への対応を行う。急変の予兆に目を配りながら、翌日の朝の交代時間まで患者の命をつなげるのが仕事だ。コロナ以外の患者や救急外来に来る重症患者対応はペアとなる上級医の仕事だ。瀧村の今日の相棒は新藤であった。

エクモが導入された森山は、見た目では特に変わりがないように見えた。エクモの合併症は多種多様だが、今のところ大きな問題はなさそうだ。朝の血液検査の値を見ると、貧血の進行と血小板の低下を認めている。消耗したヘモグロビンは輸血で補った。エクモを回す場合は、貧血はなるべく是正する方がいい。血小板は、エクモを回すとその機械的刺激で破壊され低下すると、医学書に書いてあった。血小板は止血に働く血液中の因子で、数が足りなくなると凝固障害を起こす。つまり血が止まらなくなる。新藤が書いた森山のカルテには、血小板は低下しているが、出血傾向はなく経過観察の範囲内と記載されていた。しかしながら、詳しく記録を見ると尿量が少なくなっており、腎臓の機能を示す採血上の数値が悪くなっていた。

その他の患者の容体も集中治療室にいる以上、安定という言葉を使うのは憚られるが、ある程度は落ち着いているように見えた。細かい処置を終え、患者のカルテを書いているとあっという間に時計の針は進んでいく。新藤と交代で夕食の休憩に入った。休憩室にはそばが用意されていた。湯を沸かしてそばを茹で、紙の深皿に盛り付けて箸を割った。出汁の香りが食欲をそそる。そばをすすりながら控え室のテレビをつけると、紅白歌合戦が映った。豪華なセットで歌う出演者とは裏腹に、観客席には人の影もない。多くの人が今頃はテレビの前で、この一年を思い返しながらそれぞれの時間を楽しんでいるのだろう。ただ、ＩＣＵの勤務中は楽しんでいる時間などない。

そばを食べ終わると、すぐにＩＣＵへと戻った。六時間ごとの検査項目に目を通し、大きな異常のないことを確認する。気になって電子カルテの救急外来受診患者一覧を開いた。夜が深まるにつれて受診患者も少なくなっているようだ。

森山の担当看護師から報告が上がった。森山の尿量が時間当たり20ミリリットル以下となってきたという。確かに二、三時間前から尿量が徐々に減少している。夕食を食べ終えてＩＣＵに戻ってきた新藤に相談すると、夜が更ける前に早めに透析を回すことになった。

防護服に着替えて清潔手袋をはめ、必要物品を持って新藤とともに病室に入った。夜は鎮静剤で眠らせているため、森山本人は夢と現実の境目を行ったり来たりしている状況である。森山の首を左に向け、エクモの管が入っていない方の首を消毒する。超音波で見ながら、透析用のカテーテルを挿入した。ストローの太さほどあるカテーテルを血管の中に通すと、刺入部の周囲からじわりと黒い血液がしみてきた。ガーゼで圧迫するが、なかなか止まらない。

「押さえといてやるから、先にカテーテルを固定しろ」

見かねた新藤が瀧村の横から手を伸ばして、出血部を押さえた。厚く重ねられたガーゼに血が少しずつ滲んでくる。

「止まりにくいな」

新藤が声を漏らす。

「血小板が少ないからですか」

「それもあるだろう。早く留めな。カテーテルをしっかり固定したら止まるかもしれん」

針付きの絹糸で皮膚とカテーテルを縫い合わせ、抜けないようにしっかりと固定した。新藤がゆっくりとガーゼを剝がす。カテーテルの刺入部から血液がゆっくりと湧いてきた。新藤は再びガーゼを束ねて、出血点を圧迫した。

「もう一か所、カテーテルの先端の方を皮膚と固定しろ。俺の指を刺すんじゃないぞ」

新藤の指示通り、先ほど縫合した場所から少し離してカテーテルの先端に近いところで皮膚とカテーテルを縫い合わせた。新藤が静かにガーゼを外す。二回の縫合で出血はようやく止まっていた。

額や背中に汗が流れていくのがわかった。ようやく暑さを感じられるほど、外の世界に意識が向いた。あとはこのままポータブルレントゲンがやってきて、位置確認が終わるまで待つだけだ。新藤は防護服を脱いで先に病室から出た。

部屋の時計は十一時五十分を指していた。このままいけば、防護服を着たまま年を越すことになりそうだ。目の前の森山には今の処置でもう一本、体に管が入った。以前から入っている管を合わせて合計八つだ。穴という穴にはすべて生命維持のためのチューブや、尿量や体温などを測定するための管が入っている。森山だけでなく戸谷もそうだ。体にチューブをつけたままの年越しをする。それを思えば、防護服を着た年越しなど苦にならない。

病室でレントゲンを確認した後、防護服を脱いで病室を出た。

「明けましておめでとうございます」

「今年もよろしくお願いします」

ＩＣＵの各病室の前で、看護師たちの声がした。長針が短針と重なり合って、いつも通りの長い一日が終わった。同時に特別だった一年があっという間に終わった。それでもまだＩＣＵにはこれだけの患者がいた。

透析を開始して間もなく、森山の血圧が下がった。透析により血液が体の外へと出されるためだろうが、その後の透析中も低血圧が続いている。新藤と相談して、昇圧剤を開始することにした。管だけでなく、つながる薬の種類も増えている。

心臓と肺と腎臓を機械や薬でサポートして、森山の状態は夜中にようやく、しばらく目が離せるぐらいには安定した。

15

新藤と交代で仮眠を取ることになり、ＩＣＵのスタッフステーションの奥にある仮眠室に向かった。固いベッドに横になり、マスクを外して久しぶりに外の空気を嗅いだ。じめっとした仮眠室のかび臭い匂いがした。大丈夫、嗅覚障害はなさそうだと瀧村は思った。耳を澄ますと、看護師の足音やモニターのアラームがわずかに聞こえる。

まるで戦場に設けられた仮設テントのような気がした。患者が命の淵を彷徨っているその横で、一つ壁を隔ててこうして寝入ろうとしている人間もいる。しかし、それは偶然の事象に過ぎない。防護服とマスクをしているとはいえ、これだけ陽性患者と接していれば、自分もいつ治療用のベッドに寝ることになるかわからないのだ。

仮眠のつもりがすっかり熟睡してしまったらしい。携帯のアラームに起こされた。時刻は朝六時前になっていた。トイレで髪の毛を整えて、ＩＣＵへと向かった。

放射線技師がポータブルレントゲンを持って、各患者のレントゲン写真を撮っていた。それを新藤が一人ずつチェックしていた。

「遅れてすみません」

「特に何もなかったから、大丈夫だよ」

新藤の目は微笑んでいるように見えた。ただマスクの下はわからない。

「でも、これ見てみろよ。森山さんのレントゲン写真」

瀧村が今ちょうど撮られた森山の胸部レントゲン写真を確認すると、両方の肺が一面真っ白になっていた。あきらかに肺炎が進行している。

「これはかなり厳しいな」

新藤は深刻な顔で言った。瀧村は森山につながる機械とモニターを見た。エクモも透析の機械も正常に動いている。モニターに映る数字も見かけ上は良さそうに見える。

「でも数値は正常範囲ですね」

瀧村がぼそりといった。新藤の目つきが厳しくなった。明らかに今度は笑っていない。

「お前なあ、そうやってモニターしか見てないからそんなことが言えるんだ。俺たちが良くするのは数字じゃない、患者そのものだ」

返す言葉もなく黙って下を向いた。今現れている数値は昇圧剤やエクモの結果にしか過ぎないのだ。

「一時間後には急変していてもおかしくないぞ。患者の家族には厳しく言っておいた方がいい」

その後しばらくして、元日の日勤担当者がＩＣＵへとやってきた。担当への引き継ぎが終わると、瀧村は固定電話から森山の妻、森山佳代へ連絡を入れた。

二回のコールで妻が出た。新年の挨拶抜きで、瀧村は本題に入った。

「昨日から腎臓の機能が低下して、尿量が少なくなっています。そのため、一時的に透析の機械を使って、体の水分バランスを整える治療をしています」

「透析？　それって一時的なものなのですか」

「おそらくは一時的だと思います。病気が改善を見せれば透析やエクモからは離脱できると思います」

「先生、他に悪くなっているところはあるんでしょうか。逆に良くなっているところはないんですか」

「血圧が少し低くなっていますが、それは透析の影響と考えています。昨日から見ると、全体的に悪化傾向です」

「そうなんですか」

　森山佳代は言葉に詰まった。

「ただ、想定の範囲内です。悪くなる前に早めに薬や機械のサポートを使っているだけなので、過度な心配は必要ないかと思います」

なかなか厳しくは言えなかった。厳しく言えないのは自分の癖なのかもしれないが、現実の患者を見ていない家族に対して、言葉だけで重症度を説明するのは難しい。また状況が変わり次第ご連絡しますと言って、瀧村は電話を切った。これでＩＣＵでの仕事はすべて終わらせた。疲れを引きずりながら医局に戻ると、牛島に出くわした。聞けば、今日の呼吸器内科の病棟当番での出勤だという。呼吸器内科の患者は診ておくからという言葉に甘えて、戸谷や六階の患者を牛島に任せて、病院を出た。

翌日一月二日の日中も瀧村の勤務だった。戸谷のカルテを見ると、牛島の昨日の診療記録があった。昨日胸に入った管から、生理食塩水を入れて胸腔を洗浄したという記載があった。その下に今日から毎日、この洗浄を行うようにという指示が残されていた。

生理食塩水やシリンジ、滅菌パットなど洗浄の用意を持って、戸谷の部屋を訪ねた。

「あけましておめでとうございます、瀧村先生」

戸谷が瀧村の姿を見るなり言った。

「おめでとうございます、今年もよろしくお願いしますね」

「先生、三が日ぐらい休んだら？」

「そういうわけにもいかないんです。今日は勤務日ですし。今日もチューブを通して胸に溜まった膿を洗い流しますね」

「ああ、昨日牛島先生がやっていたやつね。あれから結構調子がいいよ」

年末からの処置で、胸の中の細菌感染も落ち着いているようだった。その証拠に微熱が続いていた体温も、今日は平熱まで落ち着いている。

病室の椅子を借り、ベッドサイドに座ると戸谷の胸から延びるチューブの根元を吸引器から外す。生理食塩水を入れた注射器を接続して、戸谷の胸腔へとゆっくりと注入する。注射器内の生理食塩水をすべて注入し終わると、今度は注射器を引いて胸の中の水を吸引する。胸の中の膿を洗浄した水がチューブを通して注射器の中に回収されてきた。うすいクリーム色の中にすこしモロモロとした酒粕のようなものが混じっている。

「まだそんなに汚いんだね」

戸谷が首を曲げて、その色を見て言った。

「大晦日に胸に管を入れたときよりはずいぶんきれいになったと思います」

回収した洗浄液をパットに捨て、新しい生理食塩水を再び胸の中に注入する。この作業を繰り返すのが胸腔洗浄だ。

「この膿ってどこから来たの」

洗浄の様子を見ながら戸谷が訊いた。

「基本的には肺炎の原因となっている菌が、周囲や胸の水に感染して膿になります」

戸谷は訝しんでいる様子だった。

「先生が、入院の時に針を刺したのとは関係ない？」

瀧村は生唾を飲み込んだ。

「基本的には肺炎に続発して起こりますので、肺炎の菌が広がったと考えるのが一般的です。しかし、戸谷さんがおっしゃるその可能性も否定はできませんが」

そう言いながら額に汗をかいているのがわかった。しかし清潔手袋をしているので、汗を拭けない。

「ただ、昨日からの洗浄で膿の量が減っているのは事実です」

戸谷の問いに明確な答えはない。事実を述べるしかできない。

「まあ、そうであっても、治ってきているなら大丈夫。余計なことを言って申し訳ない」

「いえ、不安なのはわかります。入院もだいぶ長くなっていますから」

戸谷は窓の外を見ていた、令和三年の最初の雨が降っていた。

洗浄の道具を片づけて、胸のチューブを再び吸引器に接続した。これで胸に残った洗い残しの水も回収される。

「これから毎日洗浄に来ます。それが、早く治る一番の近道なので」

戸谷はゆっくりとお辞儀をして、部屋のテレビをつけた。正月のバラエティー特番の音を聞きながら瀧村は病室の扉を閉めた。

今日は蜂須賀が日中のＩＣＵ担当だった。集合時間にぎりぎり間に合った瀧村は、昨日の当直帯の担当医から患者の引き継ぎを受けた。昨日の昼前までＩＣＵにいたので、ほとんどの患者はその時と変わりなかった。

森山もこの夜は大きな変化はなかったが、相変わらず排尿はほとんどなく、腎臓の機能は透析の機械に肩代わりされていた。日中のルーチンワークと処置が一通り終わると、瀧村は森山のカルテを見ながら、森山の妻に電話をかけた。

「はい、森山です」

電話はすぐにつながった。不安そうな声から、森山佳代がいまどんな表情をしているかなんとなく頭に浮かぶ。

「能勢医療センターの瀧村です」

「ああ、先生。電話を取るのも怖くなってしまいました。何か悪いことでも起こりましたか」

「定時連絡のつもりでかけました。病状は横ばいです」

「そうですか。今日の採血はいかがだったのでしょう」

「炎症の値や貧血の程度も横ばいで、腎臓の数値も悪化はないです。ただ、まだ排尿はありません」

瀧村はカルテに表示される今朝の検査結果を見ながら答えた。

「他の数値はどうですか」

瀧村は画面をスクロールしてすべての検査項目を一通り見た。

「ビリルビンという値が上昇していますが、おそらくエクモによって血液を体から出したり送ったりすることで、赤血球が壊れることによるものだと思います」

「であれば輸血をすればいいということですか」

「そうですね。貧血が悪化しないように、輸血はしています」

「輸血、どんどんお願いしますね。なんとしても夫を助けてください」

「最善を尽くします」

使命感を滲ませて電話を切った。

最善という言葉がリフレインする。その時々に最善を選択したとしても、結果が最善になるかどうかはわからない。それが医療の不確実なところだ。ロールプレイングゲームのように各所でセーブもできない。

「森山さん、状態良くないな」

蜂須賀が瀧村の後ろから話しかけてきた。

「特にレントゲンで正常部分がほとんどない。心臓の裏の肺まで真っ白だ。血小板の低下も機械的な破壊だけでは説明できないレベルに減っているし、血液凝固能は数字上横ばいだが、朝から刺入部のガーゼを何回も変えている。血が止まりにくい証拠だ」

以前、透析のカテーテルを入れた時以上に止血の機能が悪くなっているらしい。

「若いからなんとかもっているが、ここ二、三日のうちに山場が来るぞ。お前ちゃんと家族に説明しているか？」

「毎日連絡はしています」

「回数のことだけじゃないぞ。言葉だけじゃ伝わらないことも多いからな、年始の休みが明けたら、患者とのリモート面会を提案しろ。それまでにもしものことがあれば、その時でもいい。一度現状をしっかり見てもらえ」

リモート面会か。話すことのできない患者のリモート面会の効果を疑問視していたが、もしものことが目前に迫っているとしたら、一目でも顔を見たいと思うだろう。

出血が持続していることもあり、森山には輸血が相当量入っていた。顔もむくみが強くなっており、入院時に会った印象とは随分変わってしまっている。家族が見たら別人かと思うかもしれない。面会はなるべく早い方がよさそうだ。

一月三日にもなると、職員のほとんどが病院で初仕事を終えており、新年のあいさつを交わし終わった人々が正月気分を捨てて勤務に当たっていた。

瀧村はいつも通り戸谷の部屋へ向かった。胸腔洗浄を行うと、回収される洗浄液の色は昨日よりも随分と綺麗な色だった。洗浄の効果が現れていると思った。カルテに洗浄で使った生理食塩水の量などの記載を素早く書き終えると、瀧村は急ぎ足でＩＣＵへと向かった。

森山の容態は一段と悪くなっていた。一目見てそれがわかるほど、急激な変化が目に見える形となって表れていた。昨日から二十四時間しか経っていないのにもかかわらず、手や足の指の先が紫色に変色しており、瞼の裏の粘膜がむくみで腫れ、目が閉じ切っていない。

エクモの刺入部には何枚も重ねられたガーゼに赤い血のしみが垂直についており、血液を凝固させる力が極端に落ちていることを物語っていた。出血を確実に止血するためにはエクモのチューブを抜いて皮膚や血管を縫合するしかないが、とてもエクモが抜けるような肺の状態ではない。エクモを回すためには輸血で血液の凝固能を整えるしか方法はないが、そのために輸血の量が増え、輸血が入れば入るほど肺の方にも水が溜まってしまい呼吸が一段と悪くなるという負のスパイラルに嵌ってしまっていた。

つまりはもう打つ手がなくなってしまっていたのだ。

それを電話口で森山佳代に説明しようとしたが、佳代は泣くばかりで現状の認識を拒むかのようだった。初めて電話での病状説明に限界を感じた。瀧村はアイパッドを用いたリモート面会を提案し、明日森山本人の状態を見ながら、また病状について説明させてもらいますと言って電話を切った。

16

一月四日。この日の朝から救急科の通常のカンファレンスが再開された。その日のカンファレンスではまず森山の治療方針についての検討がされた。ひとしきり今日までの臨床データの推移が提示された。

「ビリルビンも上昇して肝不全まで起こしており、多臓器不全の状態です」

肺、腎臓、肝臓の機能が低下し、人間が生きられる生理学的条件が失われていた。

「森山はすでに治療限界を迎えている。もはや救命できない」

蜂須賀の結論は早かった。それに異を唱える者もいなかった。改めて臨床経過をデータや客観的な所見から辿ると、その結論は誰の目からしても明らかだった。

「これ以上の治療介入はいたずらに本人の苦痛を長引かせるだけになる。当科としてはこれ以上の治療をしないことを家族に話して、エクモ離脱する方針だ」

蜂須賀がそう宣言して、森山についての議論は終了へ向かった。

年末年始に新規入院した患者や病棟患者の経過など、カンファレンスで話すべき議題は山ほどあった。その分の時間を削るわけにもいかないのはわかっていたが、まだカンファレンスが始まってから十五分も経っていない。それでひとりの人間の今後をすべて決めてしまうのだ。カンファレンスというより最後の審判に近い。しかしそれでも決めないことには何も始まらない。救命のために始めた医療は、今日この瞬間に延命のための医療に様変わりしたのである。

朝のカンファレンスが終わるのに結局二時間近くも費やした。解散が宣言されると、すぐに瀧村はＩＣＵへと向かった。タオルケットから出た森山の手足は、より黒にちかい紫色に変色していた。ベッド周りには数えきれないくらいの薬剤が吊り下がっていた。終わった輸血のパックが数個、部屋の前の机に置かれ、血液を吸い込んだガーゼの束が出血量の計算のために床に敷いたビニールの上に列を作っていた。

防護服を身に着けて森山の病室に入る。大量の輸血と多量の薬液が点滴で投与されているため、その交換が看護師によってひっきりなしに行われている。その作業の隙間を縫うように、瀧村は森山の名前を強く呼びかけた。森山はぴくりとも動かない。

「先生、もう昏睡状態ですよ」

輸血パックの血なのか、森山の血なのか看護師の手袋には赤い血液がついていた。

瀧村は病室を出た。病室が見える位置のスタッフステーションの席から、森山佳代に電話をかけた。携帯電話の呼び出し音の音を数えながら、佳代が電話に出ないことを一瞬期待した。それでも、森山佳代は電話に出た。挨拶のあと、瀧村はトーンを落として静かに話しはじめた。

「森山さん、これまでエクモを使って懸命に治療を続けてきましたが、全身状態の悪化に伴い、合併症が強く出てきてしまっています。全身の出血がひどく、これ以上続けることができないところまで来ています。これ以上、今の治療続けても良くなる可能性はありません。大変申し訳ないのですがエクモを離脱させてください」

「それはいったいどういう意味でしょうか」

「ご主人の治療を撤退させていただきたいということです」

「治療を撤退？　エクモを止めるだけですよね。すべての治療を止めるわけではないでしょう？」

「エクモを外すことは、すべての治療を止めることに等しいことです」

回りくどい言い方をしたと思った。お互い、言いたくないこと、聞きたくないことを後回しにしている感じがする。

「エクモが外れたらどうなってしまうんですか」

核心を聞いたのは佳代のほうだった。

「おそらくは数時間以内にお亡くなりになると思います」

瀧村は覚悟を決めた。

「え？」

「それは主人を殺すということですか」

「そういうわけではありません」

「しかし離脱してすぐに亡くなってしまうということは人工呼吸器と一緒ですよね……人工呼吸器を外して患者が死んだら殺人罪になる可能性があると聞いたことがあります。人工呼吸は外せないのに、エクモは外せるんですか」

「それは……」

意外な質問に、答えがすぐに用意できない。

「エクモも外したら、すぐに死んでしまうんですよね」

「その可能性は大きいですが、現状ではエクモを回すことによるリスクがかなり大きくなってしまっています」

「納得できません。昨日まで先生、最善を尽くすと仰っていたじゃないですか。一日でこんなにひどくなったんですか」

「一日ではないですが、ここ数日で急激に悪化しているのは事実です」

「ではどうしてそのように三日前からお話ししてくださらなかったのですか？　私は一月中にも退院できるかもしれないとさえ思いましたよ」

「申し訳ありません。ＩＣＵの患者さんの状況は刻一刻と変わっていくので」

　そう濁した自分に腹が立った。森山をずっと一番近くで診ていたのは瀧村のはずだった。

「お電話では細かいニュアンスが伝わりにくいので、今日一度病院に来ていただけませんか。先日お話ししたリモート面会もしていただきたいと思っています」

　瀧村は続けた。自分にできることはこれぐらいになってしまった。

「ご主人の様子をアイパッド越しに見ていただくのです。口に管も入っており、意識もはっきりしないのでお話しはできませんが、今の様子を見ていただきたいのです」

「もちろんです。ぜひよろしくお願いします。この後お願いできますか、今すぐにでも会いたいです」

「はい、すぐに準備しますので病院に向かってください」

「先生、あと一日、一日だけ待ってくれませんか。リモート面会をしたその日に、なんて嫌です」

「わかりました。面会を終えたら、またお話しさせていただきます」

森山の髭が剃られ、顔が温タオルで拭かれた。口や鼻のチューブに付いた汚れもきれいに拭き取られた。髪型も整えられたところで、病室の机にアイパッドが設置された。
ちょうど森山佳代が病院に到着し、家族控室に案内された。無線通信で家族控室の佳代のアイパッドと接続されると、テレビ電話が開始された。口に管を入れられている森山は当然話すことができない。

「森山さん、奥さんが映っていますよ」

病室にいる瀧村が、森山に声をかけた。

控室の佳代は、変わり果てた森山の顔を前に何も話すことができないでいた。

瀧村はテレビ電話越しに、森山に入れられているいくつかのチューブや管について説明した。

佳代の画面は時折、黒くなり何も映らなくなる。画面を伏せて涙を拭いているのだろうか。控室にいた看護師の提案で、瀧村と看護師はアイパッドを残し、それぞれ病室と控室を離れることにした。画面越しではあるが、二人きりの時間を作ってあげるためだ。

森山の表情は変わらないが、少しだけ心拍数が上がっている。妻の声に体が反応しているのだろうか。人間、最期まで耳は聞こえているという話がある。本当かどうかは確かめようがないが、瀧村はそう信じたかった。

リモート面会のあと、瀧村は森山佳代のいる家族控室に赴いた。思ったよりずいぶんとやつれている感じがした。瞼が腫れており、まだ涙声で挨拶を返してきた。

面談室に案内し、佳代の前に座った。朝の電話と同じ内容を繰り返し、現時点で救命の可能性がないことをはっきりと伝えた。

「あと一日だけ待ってくれませんか」

佳代の答えは同じだった。

「あと一日だけでいいんです。会ったその日にお別れなんてやっぱり悲しいです」

「そのお気持ちはわかります。でも、ご主人もただ苦しいだけの時間が続くだけになってしまっているのです」

佳代はしばらく黙った。隣の面談室からの声が少し聞こえるほどに沈黙が支配した。

「面会させていただいて、覚悟が少しできたように思います。ただ、今日がその日だと言われるとどうしても受け入れられません」

受け入れてくれるのを粘り強く待つしかないか。それともこのまま心臓が止まるのを待つかの二択だ。

「先生たちも抜けば死ぬとわかっているものを抜くのに、心が痛んだりしないんですか」

「心はもちろん痛いです。私も、懸命に治療させていただきましたから」

「そもそも、それは殺人にはならないのですか」

「そのあたりは難しいです。エクモが外されたから亡くなるのではなく、もともとの病気の悪化によって亡くなるということだと思います」

その理解で合っているのか、瀧村も自信がない。このままエクモを回し続けたとしても、多臓器不全は進行しているため、心臓の動きは徐々に悪くなり、やがて止まるだろう。そのとき死亡確認をすることもできる。その場合の死期は森山の生命力が決める。しかし、エクモを抜くという選択肢をとれば、死亡日を決めるのは実質、瀧村たちだ。

「わかりました。今日のところはこのまま薬や機械の調整でなんとかしのぎます」

再びの沈黙を破って、声を出したのは瀧村の方だった。

「ありがとうございます」

佳代は深く頭を下げた。

「また明日、お電話でお話しさせてください」

明日の午前に電話をすると約束して、瀧村は席を立った。

蜂須賀に呼び出されて、佳代への説明がどうなったか聞かれたので、事情を話した。

「あと一日なら輸血で何とかしのげるかもしれません」

瀧村がそう付け加えると、蜂須賀の表情が変わった。

「しのげるという以前に、もう多臓器不全が進行して、助けられないところまで来ているんだ」

蜂須賀はいらだち始めていた。

「エクモを回すという理由のためだけに、輸血を使うんじゃない」

「申し訳ありません」

反論はできない。輸血は元をたどれば人の血液だ。人間のために使ってくれと、他人が献血してくれるわけで、機械を動かすために献血する人はいないだろう。

「抜いていいでしょうか、と聞くんじゃない。申し訳ございませんが、抜かせていただきます、でいいんだよ」

「すみません」

頭を下げ続ける。森山佳代がそうしたように。

「日本のエクモは十万人あたり一台だぞ。そんな貴重な医療資源を悠長に使わせるな。明日もう一回聞いて、絶対に納得してもらえ、納得してもらえないようなら俺に電話を替われ」

蜂須賀はそう言い終えて、踵を返した。瀧村はその背中を呼び止めた。

「先生、エクモを外すのは人工呼吸器を外すのと同じですか」

突然の質問に、蜂須賀は面食らったようだった。しかし、答えを用意していたような、そんな顔にも見える。

「人工呼吸器を使うのは、本人がそれなしにでは呼吸できないからだ。エクモを使うのは、体の中の酸素が足りないからだ。本質的には、この二つの機械に大きな違いはない」

それは瀧村も理解している。だからこその疑問なのだ。

「ただ、人工呼吸器は体に与えるダメージが比較的少ない。だから延命治療と親和性が高い。もっとも日本では延命治療を望まないと希望しても、すぐに呼吸器を止める医者はほとんどいないがな」

それはやはり命を奪うという医療者の思いがあるからだろう。第三者からの訴訟リスクもゼロにはならない。

前置きはここまでで、と言って蜂須賀は続けた。

「エクモは人工呼吸器と違い極端に高侵襲だ。助からない状態になった患者にエクモを回し続けるのは、単にその体にとって害しかない。延命治療でもなんでもない。ただの害なんだ。俺たちは患者を守るために治療している。だからこそその害を取ってやらなければならない。その論理の下のみで、エクモを離脱することは許されるのだ。たとえ、離脱後二分で患者が死んだとしても、それは死期を早めたことにはならない」

論理的にはそうかもしれないが、実際離脱して早々に患者が逝ってしまえば、やはり気分は良くない。瀧村の頭に「手を下す」という言葉が浮かんだ。自分のやったことによって、患者が亡くなるということは、瀧村の四年間の医者人生を振り返っても経験したことのないものであった。

17

翌日の大阪は寒さが一段と厳しい快晴の火曜日だった。森山の出血は相変わらずひどく、このままいけば昼前までには院内在庫の輸血製剤を使い切りそうだった。創部に当てられた辞書ほど分厚いガーゼもすぐに真っ赤になり、一時間に一回以上のペースで交換しなければならなかった。

佳代との約束通り、なんとか一日森山の命はつながった。

朝一番で佳代に電話をかけた。病状の改善がないこと、輸血の在庫もなくなり血液センターに発注しなければならないが、その適応はないことを伝えた。

「この電話を受けるまでは覚悟ができたつもりでした。でも実際に先生から電話がかかってくると、電話に出たくない自分がいました」

森山佳代は電話口で言った。最期にもう一度主人と会いたいと声を漏らした。瀧村が、もう一度今日病院に来て、リモート面会や瀧村と直接話をするのはどうかと伝えると、すぐに準備をすると言って電話は切れた。

ＩＣＵの固定電話の前で森山のモニターを眺める。良くなっている数字は一つもない。すでに誰の目にも週末までは持たないことはあきらかだった。

その時、瀧村の後ろで聞き覚えのある着信音が鳴った。ホットラインの着信である。今日のホットライン当番である中谷が電話に出た。

「五十五歳男性、突然倒れた？　ブイエフね。ＡＥＤ二回使用」

救急隊からの情報をメモに書いている。ＶＦ《ブイエフ》は心室細動とよばれる不整脈で、実質心停止として扱われる最も致死的な不整脈である。ＡＥＤの適応のある不整脈であり、話の流れからすると、男性が倒れて市民やあるいは救急隊が現場で二回ＡＥＤを使ってショックを行ったのだろう。

「熱は38度ね。何？　聞き取れないです」

現場も混乱しているようだ。確かに心室細動は一刻を争う。心室細動が止まらない限り、心臓が止まっているのと一緒で、脳をはじめとして全身に血液が送れない状況だからだ。

「ショック後も心室細動継続？　じゃあ、ＥＣＰＲ《イーシーピーアール》だな」

ＥＣＰＲは難治性の心室細動などにおいてエクモを用いる救命のための心肺蘇生方法である。エクモが心臓や肺の代わりをするので、たとえ心臓の不整脈が継続して血液を全身に送れなくても、エクモがその代わりをするために、脳や重要臓器へのダメージを抑えることができる。心臓マッサージだけでは十分に血液を全身に送ることができないので、ショックでも治らない心室細動の場合はＥＣＰＲが行われる。しかし、それを行えるのはエクモのある病院に限られる。能勢市ではこの病院ともう一つ、市内の外れにある東能病院だけである。

中谷が電話を耳に当てながらＩＣＵのフロアを見渡している。何か早口で言ってホットラインの電話を切った。次の瞬間には何事もなかったかのように、書類仕事に戻っている。

「先生、今の電話の症例、あと何分で来ますか？」

瀧村が訊いた。

「いや、来ないよ。うちのエクモは全部患者に使っているじゃないか。コロナの患者で二人、術後の心臓外科の患者一人の全部で三つしかない。だから、空いているエクモはないよ」

「じゃあ、その患者どうなったんですか」

「おそらく少し遠いが東能病院に運んでいると思うよ。あそこもＥＣＰＲができるから」

コロナでエクモを使っている二人のうち、一人は森山だ。もう一人は昨日の午後導入したばかりの同じ五十代の男性患者。ホットラインの患者も五十五歳だった。

「発熱もあったからね、もしうちでエクモを入れるってことになったら相当大変だぞ。みんな防護服を着て、細かい手技をスピード命でやらなくちゃいけない。正直、エクモが全部使われていてこちらとしては助かったかもしれない。受け入れできない正当な理由だからね。東能病院には申し訳ないけど」

すべてはタイミングなんだ、と瀧村は心の中で強く思った。

その患者は東能病院に運ばれて助かるかもしれないし、当院に運ばれても助からなかったかもしれない。来ない患者のことをあれこれ考えてもしょうがないことはわかっていたが、ＩＣＵの喧騒の中でも自分の心の声が聞こえてきた。もし昨日森山のエクモを外していれば、この救急の患者は当院で救えたかもしれないという声だ。

しばらく立ち尽くしていた瀧村に中谷が話しかけた。

「救急外来に救急車が立て続けに来て、初療室のベッドが埋まってしまったら、その後来た患者が最重症でも断らないといけない。それと同じことだよ」

「ただ、それは偶然にもそうなってしまったからで、森山さんのエクモの場合は、僕が離脱を一日伸ばしたことによる人為的な判断です」

「そのことで自分を責めていたのか。先生は救急には向いていないな」

中谷が作ったような笑顔で言った。しかし本当のことを言っていると瀧村は思った。

「自分でも何となくそう思います」

「救急はさ、いつも命の選択をしているんだよ。重症から救うのは当たり前だけど、時にそうはいかないこともある。救急医はどの科よりも命を救うことにこだわるけど、命を大切にすぎる人には向いていないのかもしれないな」

中谷は書き上げた書類を束ねて席を離れた。

その矛盾をはらんだメッセージが、瀧村の頭の中で何度も再生されていた。


それからすぐに森山佳代が病院に到着したとの連絡が入った。面談室へ案内された佳代に瀧村は対峙した。病状がさらに悪くなっていること、回復の見込みはないことを手元の検査データを解説しながら再び丁寧に伝えた。そして蜂須賀に言われたように、本日エクモを抜くことを断言して伝えた。佳代は時折相槌を打ちながら、瀧村の話を遮ることなく聞いている。昨日までの様子とは少し違って、瀧村の話に否定でも肯定でもないような表情を浮かべながら黙ってテーブルの上に視線を落としていた。

「最後にお訊きしたいことはありませんか」

瀧村が話の終わりに訊ねた。

「本人と直接会えないでしょうか」

佳代が顔を上げ、瀧村の目を見て言った。

「最後に本人とガラス越しでもいいから会いたいのです。多分、私が覚悟を決められないのは、本人と直接会っていないからだと思います」

会うとまた覚悟が揺らぐかもしれません、と言いかけたが、言えば現実になってしまいそうなのでやめた。瀧村は師長と相談しますと言って面談室を出た。

ＩＣＵの師長室に出向き、師長に事情を話した。

「そうねえ、原則は面会禁止だけれど、この状況であれば許されないことではないと思う」

師長は答えた。

「最期の時間を共有するだけでも、家族の精神的なケアができる。看護師としても家族の面会がないままの看取りはつらいし、蜂須賀先生とも相談して、またすぐにお返事します」

「よろしくお願いします」

瀧村は頭を下げて師長室を後にした。

ＩＣＵに戻ると、森山の病室の前でエクモ離脱の準備が進められていた。処置シーツに縫合糸、ハサミなどの鋼製小物、ガーゼ、テープ、清潔手袋などが見たところ用意されている。

病室の中の森山は、人形のように白く生気のない顔立ちで、四肢が力なくタオルケットの隅から出ていた。

ＩＣＵの入口から蜂須賀が入ってくる。森山の姿を一瞥すると、瀧村に言った。

「面会の件だが、エクモを離脱してその後にガラス越しでなら許可する」

面談室で待機していた佳代に、エクモ離脱後の面会が許可されたことを伝えた。面会をさせてあげるからエクモを離脱させろという聞こえ方にならないように注意した。

佳代は泣きながら、よろしくお願いしますと言った。

ＩＣＵに戻った瀧村は、防護服を着て蜂須賀とともに森山の病室に入った。物品を展開し、エクモを離脱する準備を始める。エクモの刺入部を圧迫している分厚いガーゼを取り除くと、泉のように血液が沸き上がってきた。

エクモの管を皮膚に固定しているテープや糸を取り去り、まずは右足の付け根に入っている太い静脈に入っていた送血管と呼ばれる人の指ほどのある太い管を取り去った。黒い血液が水道の蛇口をひねったようにあたりに撒かれた。すぐに新しいガーゼで創部を圧迫する。

「圧迫しても止まらない。筋肉ごと縫え」

蜂須賀がそう言って出血点を指でピンポイントに押さえた。瀧村は持針器に大きな針付きの縫合糸を付けるとこれでもかというくらい深く、皮下の組織をできるだけ取るようにして七針縫合した。同様に首に入っている脱血管という太い管も、一気に抜き去って蜂須賀が縫合止血した。

　エクモの離脱が完了した。時間にして十五分程度であったが、瀧村はほんの一瞬に感じられた。すぐに呼吸器の設定が上限まで強化される。それでもエクモの効果が切れると血中酸素飽和度は50パーセントほどしかなかった。

「奥さんを部屋に入れる準備だ」

　蜂須賀の号令がかかる。創部に薄いガーゼが当てられ、使用物品が病室の外に出された。血液の飛び散ったシーツが替えられ、エクモの本体装置が片付けられた。

「急げ、時間がないぞ」

　蜂須賀が叫んだ。森山の血中酸素濃度は40パーセントだ。血圧も徐々に落ちてきている。

「奥さん入られます」

　N95マスクを着けた森山佳代が、ＩＣＵの入口から看護師に導かれて森山の病室へ向かって歩いてきた。足取りが重く、看護師の腕を借りながらゆっくりと近寄ってくる。

　病室の前のガラスの前で、夫の方を向くとガラスに寄りかかるようにして、食い入るようにその顔を見つめている。

「雄介、ありがとう。ごめんね」

　佳代の声にガラスが曇る。看護師が佳代の後ろに椅子を持ってきた。佳代はありがとう、でも大丈夫ですと言って座るのを断った。

それがこの夫婦のためにできた最後の気遣いだった。

森山の血中酸素はすぐに測定不能になった。血圧はもう測る意味がないので、二十分前の数値のままである。心拍数が徐々に下がってきた。

「いままでありがとう。私頑張るから」

涙声に震えながら、佳代は力の限りに声を出した。ガラス越しの声が森山に届いていると信じたかった。

心電図のモニターの波形が、少しずつ変化していく。心拍数のカウントも正確な値が出なくなっていった。波形がやがて心静止を示す横一線に変わった。

佳代の目はそれを静かに見届けていた。

「いまから最期の診察させていただきますね」

佳代が力なく椅子に座ったタイミングで、瀧村が声をかけた。

部屋に入って人工呼吸器の電源を切ると、規則正しい呼吸を続けていた森山の胸の動きは止まった。佳代が立ち上がって、こちらの様子をうかがっている。瀧村は手袋をつけた手で森山のむくんだ瞼を開けて、瞳孔にペンライトの光を入れる。病衣を緩めて胸の部分を開け、聞こえない音を聞くために聴診器を当てた。

「十三時四十分、死亡確認とさせていただきます」

ガラス越しに外まで聞こえるように大きな声で死亡宣告をした。ご遺体に向かって下げた頭を上げると、佳代はまだ頭を下げていた。佳代の後ろで頭を下げていた看護師たちが、自分の担当患者の方へ歩いて戻っていくのが見えた。

病室を出ると、佳代が瀧村に向かって頭を下げた。

「先生、面会禁止の中で最期に立ち会わせていただきありがとうございました」

「こちらこそ色々と心配をおかけしました。懸命に治療させていただきましたが、残念な結果になり、申し訳ございませんでした」

「先生のせいではありません。医療従事者の方がいかに大変かは報道でも存じております。どうか先生もお体大切にしてください」

瀧村は深く頭を下げた。佳代は看護師に付き添われて、ＩＣＵを出ていった。


森山のエンゼルケアが終わると、ご遺体は納体袋に入れられて霊安室へと運ばれていった。部屋の消毒が終わると、何事もなかったかのように真新しいシーツがベッドに敷かれ、次の患者を待つ部屋へと変わった。

エクモ離脱から死亡までの医師記録と退院サマリを書きながら、この急激な悪化を引き起こした新型コロナウイルスの恐ろしさを改めて感じた。摑みかけた命が指の隙間からこぼれていくというようなものではなく、命がハンマーで粉々に砕かれるような悪意が滲む所業だ。特効薬もなく、エクモも時間稼ぎでしかない。森山のような症例だと、医師はまるでその所業に加担する死神みたいだ。実際に死亡の日を決めたのは、医者という人間であった。

医者であれば誰もが、忘れられない患者の死があると言われる。年明けに起こったこれらの出来事は、瀧村の医者人生で最初の忘れられない死のハイライトであった。

18

森山雄介と佳代を乗せた葬儀会社の車を見送ると、時刻は十五時を回っていた。

八階に急ぎ、洗浄物品を持って戸谷の病室に入った。

「待ってました」

明るい声が病室の天井へと響いた。戸谷は左肩から病衣を脱いで、胸のチューブを瀧村が洗いやすいようにしてくれていた。

「遅くなってすみません。今から洗浄させてください」

瀧村が洗浄用具を机に広げた。戸谷がテレビを消そうとリモコンを持ち上げた。

「テレビ、つけたままでいいですよ」

瀧村は戸谷とあまりしゃべる元気が湧かなかった。戸谷が瀧村の顔を覗き込んだ。

「なんか先生、今日疲れて見えるね。なんか大変なことでもあったの」

「そうですね」

注射器に生理食塩水を充填しながら、上の空で答えた。別の患者に話せるような内容ではないだろう。

「まあ、先生たちいつも忙しいからね。休日出勤は当たり前、その上夜間の緊急呼び出しもある。若いけど、体は大切にしてよ」

戸谷の気遣いに、瀧村は軽く会釈した。

戸谷の上半身が電動リクライニングで水平まで倒されると、チューブから生理食塩水を注入して洗浄を開始した。洗い始めの排液はまだくすんだ黄色い液体だが、二回目からは随分と薄くなっている。洗浄の効果が出ていた。しばらくその作業を繰り返しながら、瀧村は戸谷の顔を見た。目線はテレビに向けられていた。午後のワイドショーが放送されており、司会者がコメンテーターにワクチンの話を振っている。

「テレビの音、気にならない？」

「大丈夫ですよ」

実際、気にならなかった。洗浄は注射器を押して引くだけの単純作業だ。

「静かな病室ってなんか苦手でさ。いつもテレビつけてしまうんだ」

「その気持ち、わかります。僕も一人暮らしなんで、家に帰ればまずテレビをつけます。しゃべり声が聞こえていた方が安心するというか」

「安心ねぇ」

戸谷は窓の外を見ていた。太陽が随分と傾いて、空が茜色に染まり始めている。

「どうかしました？」

会話が途切れてしまったので聞いてみた。別に聞かなくてもよかったのだが。

「いや、実はうちの娘は生まれつきほとんど耳が聞こえなくてね」

洗浄の手が一瞬止まった。

「先天性風疹症候群。先生も知っているんじゃない？」

「知っています。医師国家試験によく出てきます」

母体が妊娠中に風疹ウイルスに感染することによって生じる胎児の病気で、出生児に先天性心疾患、難聴、白内障などが生じる症候群である。現在でも若者の中には抗体価が少ない層があり、妊娠中に感染してしまう可能性がある。

「その病気に罹ってしまったんだよ」

「そうなんですね、だから電話で家族へ説明をしなくてよいっておっしゃっていたんですか」

「そうだね、単純に先生の手を煩わせたくないというのが大きいけども。先生の話を僕がメールで娘に伝えれば済む話だからね」

「でも退院の時はそうはいきません。治療の経過や退院後のことなど、やはりご家族に一度は医者から説明させていただきたいです」

　最後の洗浄液を回収しながら、瀧村は言った。

「退院ですか？」

　戸谷の表情から曇りが消えた。

「ええ、洗浄液もすぐに綺麗になっていますし、管を入れてから熱も出ていない。食事もしっかり摂取できています。順調に良くなっていますので、今週中に退院できると思います」

「本当ですか？　良かった」

「よろしければ、娘さんのメールアドレス、教えていただけますか」

　上半身を起こして病衣を直した戸谷は、テレビ台に載せてあったボールペンと手帳を手に取った。最後の方のページに娘の名前とメールアドレスをしたためると、そのページをちぎって瀧村に渡した。

「娘さんは、瑛子さんとおっしゃるんですね」

「そうです。よろしくお願いします」

医局のインターネットにつながるパソコンから、瑛子にメールを送った。病名や治療経過、治療が長引いている原因、退院時期などを素人にもわかるように丁寧に記載して、インターネット上の参考資料もつけておいた。すべての仕事が終わると、夜八時を過ぎていた。着替えを終えて病院の出口を出ると、瀧村のスマートフォンが鳴った。表示を見ると船岡からだった。冷たい夜のかじかむ手で、電話を受けた。

「瀧村先生、仕事終わった？」

「ちょうど終わったよ、どうしたんだ」

瀧村は電話を耳に当てながら寮の方に向かって歩き出した。時折冬の風が瀧村の頬を叩くようにして吹く。

「どうしたんだじゃないで。今日のお昼の話や、先生」

「もしかして酔ってるのか」

電話口のしゃべり方が先日の船岡と違う。

「先に何杯かいただいてしまいました。すみません」

「別にいいけど、今日の昼の話って?」

「五十五歳男性の心室細動の症例断ったやろ」

その話かと瀧村は思った。中谷が確かに断っていた。

「僕が直接断ったわけじゃないけど、先輩医師が受け入れできないってホットラインで話していたね」

「その電話かけたの、俺なんや」

船岡の言葉に瀧村の歩くスピードが遅くなる。

「船岡が?　断って申し訳ない。結局どこに運ばれた?」

「東能病院」

「それなら良かった。エクモが回せるじゃないか」

「良くないよ。熱があるからって、天下の能勢医療センターが難治性心室細動の患者を受け入れないなんてどうかしてるわ」

「熱?　確かに中谷先生そう言っていたかもしれない」

「熱があればコロナを疑うのはわかる。だけどそのために受け入れを拒否するのはやっぱりおかしいで。能勢医療センターは三次救急、この地域の急患の最後の砦やろ。そこが受け入れできなくてどうするんや」

船岡が電話をかけてきた意味がようやくわかった。能勢医療センターの関係者に一言物申さないと気が済まないのだろう。

「受け入れられなかった理由は熱じゃないよ。他にもあったんだよ」

「他ってなんや」

「別の患者さんに関わることだから、申し訳ないけど言えない。でも信じてくれ、熱が原因じゃないんだ」

携帯電話を持つ手に力が入った。

「こっちは一秒でも早く病院に搬送したかったんやで。一分遅れるごとに蘇生できる確率がどんどん下がっていくんやから」

「その患者さんがどうなったか知ってるのか」

「言えない。公務員の守秘義務があるんでね」

一歩一歩がやけに重い。通い慣れた家までの道がやけに遠く感じた。

「能勢医療センターに断られたと悟った家族の顔を俺は忘れられないよ」

返す言葉はない。今はただ、船岡の言葉を黙って聞くことしかできない。

「瀧村、聞いてるか。受け入れ要請を断る権利があるのはわかるが、それで患者を選り好みしないでほしい。助けてほしいのは、患者も救急隊も同じなんだ。病院にいる連中だけが、胡坐をかいて患者を選ぶのはなんかやりきれない。医者はやっぱりずるいで」

「医者はずるいか。そうかもしれないな」

瀧村の前に、見慣れたアパートが現れた。見上げると明かりの灯った窓は寮全体の半分程度だろうか。今日もまだ家に帰れていない医者もいるはずだ。

現場に出ることでずるくなっていくのか。それとももともとずる賢い人間が医者になるのか。本当にずるい医者ならこういうだろう。患者を選んで治療をするのが、名医と言われるための近道だと。

「すまん、直接関わっていないお前に言ったってしょうがない話だとはわかっているんやけどな、酒が入ってつい。申し訳ない」

「いやいや、救急隊の話を聞くのは参考になるよ。救急医の先生方にはいつも接しているから何も言えないだろう」

「ビンゴ。だから瀧村に電話をかけたんや。愚痴を聞いてくれてありがとう。なんだかちょっとすっきりしたわ」

瀧村の方は全くすっきりしていなかった。むしろ却って自分の中に言葉では形容できない感情が溜まっていった。アパートの玄関を開け、エレベーターの前に着いた。

「そうか、いつでもまた愚痴を聞くから。今からエレベーター乗るから、今日は切るな」

瀧村がそう言うと、突然電話をしたことを詫びて、船岡の電話は切れた。

瀧村は大きなため息をついた。今日はオンコールでもない。森山もいなくなった今、急変するような患者はいない。瀧村はエレベーターとは反対の玄関の方に戻った。そこから早足でコンビニまで歩く。酒の力を借りないと今夜は寝られないだろうと思った。

19

翌日医局のパソコンを開くと、戸谷瑛子から返信が来ていた。快方へ向かっていることの安堵、治療に対するお礼、耳が聞こえないことで連絡手段がメールとなることの煩わしさに対する謝罪などが、ひとつのメールに少ない改行で詰め込まれていた。

隣の電子カルテ端末を開き、戸谷の今日の採血結果を確認する。結果は期待以上だった。炎症反応は正常値まで下がり、他に異常は見当たらない。健常人の採血結果と変わらないくらいにデータも良くなっていた。瑛子への返信で、退院日の日取りを決めたいという旨のメールを送信した。

パソコン作業を終え、水をコンビニに買いに行こうかと思ったが、救急科の朝のカンファレンスが始まる時間が近づいていた。昨日は久しぶりにビールや缶チューハイを開けたので、朝から体が疲れている。

カンファレンスではまず、新規症例として東能病院で重症化したコロナ患者が昨日の夜に入院したと発表された。その患者は昨日の朝まで森山がいたベッドに入室していた。何かのめぐり逢わせなのだろうか。眠り足りない瀧村の頭に、昨日の船岡の話がフラッシュバックした。

続いて、入院患者の現在の病状や治療方針がプレゼンされたあと、死亡退院症例として森山の名前が発表された。そうしていつものようにカンファレンスは終了した。


戸谷の病室に行くと、戸谷が笑顔で待っていた。

「先生、娘が金曜日退院でどうですかと言っています」

瑛子が戸谷に連絡をしたのだろう。

「大丈夫だと思います。今日の採血も、ほとんど正常でしたから」

「本当ですか。良かった」

戸谷に採血結果を説明した後、いつも通りの手順で胸腔内を洗浄した。回収される排液はほとんど注入した生理食塩水そのもので、胸の中の膿がきれいに洗い流されたことを証明していた。瀧村はチューブを消毒して固定している糸を切り、胸から抜いた。

「これでようやく抜けました」

一週間ぶりに戸谷の体は自由になった。

「嬉しいね、やっと治ったって実感が湧いたよ。これで夜のトイレも面倒じゃないね」

戸谷は満面の笑みを浮かべた。

「先生、ありがとう」

戸谷は瀧村の前に手を差し出した。瀧村も手袋を脱いで右手を差し出す。固く握手が交わされた。

「あと、二日で退院か。買った本読み切れるかな」

戸谷の枕元には二冊の文庫本が置かれていた。

「退院後に、お仕事か何かあるんですか」

「この年だからねえ、何もできないんだけど、実はこう見えて料理が得意なんだ。妻がねぇ、娘が中学生の時に亡くなったもんだから、そこからは僕が料理を作っていたんだ」

「料理？　意外です」

本当は料理のことよりも、男手一つで障害のある娘を育てたということの方に驚いた。

「だから、こんなコロナ禍だけどもね、みんなが集まれる子ども食堂をやりたいと前々から思っていてね。ほら、みんな生活が苦しくなっているだろう。そういう家庭の子どもはもちろん、どんな家庭の子どもでもね、食べたい人が食べにやってくる青空食堂をやりたいんだよ」

「すごくいいと思います。料理は頭も体も使いますので、リハビリにもいいと思いますし、何よりその年で新しいことを始めようとすることがすごいです」

「先生に褒められちゃったよ。まあ、うまく行くかどうかはわからないけどね。感染にも気をつけてやらないといけないし。そこでコロナウイルスに罹ったら元も子もないからね」

　こんな年の取り方をしたいと瀧村は思った。老いてそして病みてなお、他人のことを考えられる人間はなかなかいない。

「入院前も自分で自分のごはんは作っていたんだけどね、一人暮らしだから作るものはいつも一緒なんだ。先生も料理する？」

「いやいや、僕は全くできません」

「私もね、妻が亡くなってすぐのときは全然だったよ、料理本の通りにやっても全然うまく行かない。仕事も暇じゃなかったから、時間をかけて作るわけにもいかないし」

　頭に浮かんだ一つ一つの記憶を愛でるように戸谷は続けた。

「それから料理を頑張って覚えて、合格点をもらえそうな料理を作れるようになったんだ。だいぶ時間がかかったけどね。今は携帯で動画を見ながら作るんだろう？　すごく便利な世の中だよ」

　まさに外科の世界がそうだ。昔は実際の手術で、先輩医師の手技を必死に目で盗まなければならなかった。しかし今は、巷に手術ビデオが溢れかえっており、いつでも何度でも名医と呼ばれる先生の手術を見ることができる。だから、実際の手術の術野を見て学ぶことの意義が薄れていると外科医が言っていた。昔はその一回を目に焼き付けなければならないが、今は後で手術動画をみれば何回でも同じシーンが再生できる。どちらが、手術が上手になれるのかはわからないが、実際に手術を受ける身になったら、なんとなく昔のやり方で修練した先生に執刀してもらいたいとも思う。

「ああ、いかんいかん、料理の話なんかして先生にお時間を取らせました。爺さんの話に付き合わせてしまって」

「いえ、勉強になりました。ありがとうございます」

瀧村は小さく会釈した。

二日後、戸谷は予定通り退院した。

新しいコロナ患者の対応で、退院の挨拶をすることは叶わなかった。退院後の戸谷のフォローは、かかりつけの開業医の先生に任せることにした。

退院の日の夜に医局でパソコンを開くと、瑛子からメールが来ていた。父の治療に対するお礼が、前回にも増して丁寧な言葉でつづられていた。そのメールには、瑛子が父はそろそろ一人暮らしは厳しいと思いはじめていて、退院後少し頻回に様子を見に行こうと思うと書かれていた。ケアマネジャーにも相談して、介護のことも検討してみるという。

人は誰でも老いるのだが、その老いに家族が気づくのは本人が入院をしたときであることも多い。

瀧村は故郷の両親を想った。現在の大阪の状況を鑑みると、まだしばらく帰れなさそうだなと感じた。

20

吹く風が暖かくなり始めた三月の中旬。大阪の新規感染者は一日あたり百人以下の日が連続で続いていた。感染者数の圧倒的な減少で能勢医療センターにも普段の医療体制が戻っていた。瀧村は救急科で重症患者管理を学びながら、ホットラインの業務も行い、救急医療の研修を続けていた。瀧村がＩＣＵで患者のカルテを書いていると、救急外来からＰＨＳに電話がかかってきた。以前、瀧村が主治医で見ていた戸谷という高齢男性が発熱と倦怠感を訴え救急車を呼び、救急隊からその受け入れについての問い合わせがあったという。救急外来の担当者から主治医である瀧村に受け入れの可否を相談する電話だった。

「病床も空いていますので、受けてください」

そう伝えて救急外来に降りると、救急車の受け入れ準備に入った。特に主訴が発熱である場合は緊張感が違う。

救急車の到着は早かった。防護服を着てまもなく裏口の扉から同じような防護服に身を包んだ救急隊が、見たことのある顔をストレッチャーに乗せてこちらに運んでくる。

「戸谷さん、瀧村です。わかりますか」

「たきむら？　あぁ、瀧村先生か」

その顔は前回の退院時よりもさらに痩せており、毛布の上に置かれた腕周りの筋肉も削げ落ちていた。

救急外来の隔離室のベッドに戸谷が移された。瀧村も移乗を手伝ったが、その体は思った以上に軽かった。

「戸谷さん、これからいろいろ検査をさせていただきますね」

瀧村はすぐに戸谷の鼻腔に検査用綿棒を突っ込み新型コロナウイルスの抗原検査をした。抗原検査であれば早ければ三十分程度で検査結果が判明する。次に採血検査、レントゲンとＣＴ検査を行った。ＣＴ検査では右の肺の背中側に浸潤影と呼ばれる白い影が映っている。幸い新型コロナウイルスの典型的な画像ではない。この画像でもっとも多いのは、誤嚥性肺炎といって口の中の細菌が唾液や食べ物と一緒に空気の通り道である気管の方に誤嚥され、肺に入ることで生じる肺炎である。ものを飲み込む嚥下機能が低下した高齢者に多く、体力が低下している戸谷にとって最も可能性が高い肺炎であった。

ＣＴで同時に写った左の肺には、瀧村が治療した膿胸の痕があった。水は溜まっていなかったが、肺がところどころ引きつれたようになっており、柔軟性を失った肺で空気の通りが悪そうだ。

ＣＴを終え隔離室に戻ってくる頃に、抗原検査の結果が判明した。結果は陰性であった。やはり新型コロナウイルス肺炎ではなく、誤嚥性肺炎が疑わしい。

「戸谷さん、今回は胸に水は溜まっていません。新型コロナウイルスでもなさそうです」

「では、何だったのかな」

「誤嚥性肺炎です」

瀧村は病状をかみ砕いて説明したあと、入院の適応であることを告げた。

「今回も僕が担当させていただきます。一緒に治療しましょう」

「先生、よろしくお願いしますよ」

「ところで、娘さんにはまたメールさせていただきますね」

戸谷は頭を弱々しく縦に振った。戸谷の体力は恐らく極端に落ちているだろう。少しずつできないことが増えていく年齢である。

空いている病室が探され、比較的スムーズに以前と同じ八階の病棟に決まった。戸谷のベッドを押しながら病室に向かう。

「ああ、見覚えのある景色です」

視界に流れる廊下の天井を見ながら、戸谷は口を開いた。

「前回と同じ八階の病棟ですよ」

四人部屋に入った戸谷を看護師に任せると、瀧村はスタッフステーションに寄った。点滴のメニューを組み、看護師への一般指示を入力した。採血のタイミングを考えながら、追加でいくつかの検査の指示を出した。

再び病室に戻ると、戸谷にCTの画像のコピーを見せて説明した。

「今回は右の肺なんですか。左の肺も右の肺も同じ先生に見てもらえるなんて、幸せな患者だなあと思います」

戸谷の言葉に瀧村は微笑んだ。

「これから抗生物質の点滴をします」

「それでこの肺炎は治りますか」

「今回は高い確率で治ると思います」

自信をのぞかせた瀧村を見て、戸谷は少し安心した表情を見せた。

「あと、この病気は嚥下機能といって飲み込む力の低下が引き起こしていることが多いので、その嚥下の訓練も入院中にリハビリの先生と一緒に行いましょう」

「わかりました。何から何までありがとうございます」

「でも、前回の入院と比べて随分お痩せになりましたね」

「そうなんですよ、ちょっと食欲があまりわかなくてね。一人暮らしで無理して帰ったもんだから、ヘルパーさんは来てくれるけど、なかなか自分でやろうという気が起きなくてね」

「そうですか」

瀧村は前回自分のせいで入院が長くなったことを再度悔やんだ。

「そう、だから施設に入ることにしたんですよ。来週にね。それまでには治りますか」

「前回の入院では、随分と予想より長くなってしまったので、今回も何ともいえませんが、一週間ちょっとで治る可能性もあると思います。リハビリと治療をしっかりして、早く退院しましょう」

「わかりました」

戸谷はまるで小学生のような無垢な返事をした。

病室を後にして、再びカルテを開いた。新しい体重がカルテの上部のプロフィール欄に反映されていた。戸谷が病室に入ったときに、体重を測定してくれたのだろう。今回の体重は48キログラム。前回、つまりは以前の入院時の体重がその横に54キログラムと記載されていた。マイナス6か。やはり随分痩せたようだ。

自分で身の回りのことができなくなった原因の一つに、右肺の後遺症があるかもしれない。膿胸の患者では細菌感染が収束しても、きれいさっぱりと治るわけではない。肺への炎症が瘢痕となり、肺が固くなって肺活量が低下することが、日常生活の労作に知らず知らずのうちに悪い影響を与えていることがある。

前回の入院時のカルテ記載を見て、瀧村は自分の治療を振り返った。決断の遅さが一番の原因だった。自分がそう思い込みたいから、検査結果の値を都合のいいように解釈していたかもしれない。今回の入院こそは一週間を目標に退院できるよう、回り道をせず治療していこうと心に決めた。

三月十六日時点での集中治療室は、ハイケアユニットの個室に一人だけコロナ感染者がいる以外は、通常の体制で運営されていた。ＩＣＵの個室はオーバートリアージ病床といって、救急外来経由で入院となったコロナを否定できない一般の重症患者が、最初に入る病室として一、二室が使われていた。それらの患者もＰＣＲ検査で陰性が判明すると、オープンスペースに移動していく。そうして貴重な個室ベッドの占有をなるべくしない方針での運用が行われていた。

今は術後の患者や重症熱傷の患者などでＩＣＵは八床ほどが埋まっている。救急科のローテーション研修としてそれらの処置を行いながら、内科では経験することのない多種多様な疾患を経験した。心臓血管外科の緊急手術後など、なかなかＩＣＵから出られない症例もあれば、九十歳の高齢女性の急性心不全の症例が、劇的に改善して一日でＩＣＵを出るなど、その回復過程も様々であり、人間の体という小宇宙に幾度も驚かされた。

このころ医局ではワクチンの接種希望の案内が回ってきた。海外での世界最初の接種から約三か月。日本にもようやく医療従事者を対象としたワクチン接種の運びとなり、その希望の調査のための案内が院内メールで各医師に回ってきていた。国立の病院ではすでに接種が行われており、連日のニュースで袖をまくり注射を打つシーンが度々放送されていた。

そんな折に先日入院となった戸谷は、瀧村にとって久しぶりの一般病棟の患者であった。中等症のコロナ患者も皆退院し、一般病棟に行くことはこの二か月程はほとんどなかった。

戸谷のリハビリ記録を見ると昨日は嚥下機能評価、つまり食べ物を飲み込む力の評価が行われており、今日から嚥下機能に合わせた食事が開始されていた。

回診のために戸谷の部屋に入室すると、戸谷はうとうとしながら布団をかぶって横になっていた。呼びかけるとやや遅れて反応があり、瀧村の訪室を歓迎した。

瀧村は戸谷の聴診を行った。病衣をずらして左胸の表面を見ると前回の入院の時に管が入っていた場所は、一部瘢痕になっているところはあったが、比較的きれいに治っている。右の肺の雑音も軽快しており、抗生物質がしっかり効いているようだ。

「幸い今回の入院は比較的順調のようです」

聴診を終えて瀧村が話しかける。

「そうですか、それは安心しました」

病衣を直しながら戸谷が答えた。

「ただ、誤嚥性肺炎は繰り返しやすい病気です。退院後も色々と注意することがありますよ」

「退院後は施設に行く予定ですからね、食事に関しても体に合わせたものを作ってくれるそうです」

「食事だけではなく、体の機能維持のためにも、適度な運動はしてくださいね」

瀧村のアドバイスに戸谷が頷く。

「わかりました。先生のお世話にならないように、できるだけ頑張りますね」

「娘さんも心配されているでしょうから、今日またメールを入れておきますね。経過は良好ですと」

「ありがとうございます。娘もかなり心配してくれているみたいで。今まで入院自体することがなかったのに、この一年は二回も入院することになってしまったので」

「娘さんのためにも早く治して帰りましょう。こちらも最善を尽くします」

瀧村が胸を張ると、やや俯いていた戸谷の表情が明るく上を向いた。

医局に戻って残りの休憩時間で昼ご飯をかきこんでいると、どこからともなく現れた神津が話しかけてきた。

「よう、瀧村。最近忙しいか」

手術用のスクラブの上に白衣をボタンを留めずに羽織って、手にはエナジードリンクを持っている。

「最近はコロナがいない分、落ち着いてる。ようやくＩＣＵの業務にも少し慣れてきたんだ」

「お前ならすぐに慣れそうだな」

「なんか用か」

「これ、よろしく頼むよ」

そういって神津が差し出してきたのが、結婚式の招待状だった。

「俺、結婚することにした。まだコロナでどうなるかわからないけど、披露宴に招待してやる」

「してやるってなんだよ。来てくださいだろう。まあ、とにかくおめでとう、びっくりだよ」

　瀧村は招待状を裏返してみた。神津明宏の名前の下にどこかの病棟で見た看護師の名前が書いてあった。

「ほんとは完全に終息した後でもよかったんだけど、ちょっとそうはいかない事情ができてな」

「そうはいかない事情？」

「お前、まさか」

「いやいや、婚約した後だよ、子どもができたのは」

「やっぱり」

「お腹が出てくる前にウエディングドレス着たいっていうことでな。ちょっと急なんだけど、生まれてからだとバタバタするし、二人で話し合った結果、こぢんまりとした式をコロナが落ち着いている間に挙げたいなと思ってな」

　神津が照れたようなしぐさで頭をかく。

「大変だな。でもいつまで落ち着いてるかなんてわかんないよな」

「でも、いつまでも落ち着かないかもしれないからな」

「ひとまず、二か月後のその日を空けといてくれ」

「わかった」

　瀧村が頷く。

「外科の方はどうなんだ」

「おかげで手術も数できているし、充実しているよ。やっぱり俺はメスで人の命を救っていないと気が済まないんだよな」

神津が自分の手を見て自己効力感を滲ませている。外科医のメスに当たる商売道具を内科の瀧村は持ち合わせていない。

「仕事もプライベートも充実ってわけか。うらやましいな」

「ああ、あと瀧村、お前風疹の抗体価ちゃんとあるか」

「風疹？」

「俺たちの年代は、子どもの頃に予防接種を受けても風疹の抗体価が落ちていて、風疹に罹ることがあるんだよ」

「それは聞いたことがあるが」

「それを嫁にうつしたらいけないからな」

「先天性風疹症候群か」

「さすが、瀧村。賢い」

それほど深くない記憶の海に浮かんでいた言葉だった。

「いや、まあな」

「産婦人科の先生に言われてさ。抗体価を調べたら少なくて追加で風疹ワクチン接種したんだ」

「コロナウイルスのワクチンと同じだな、人にうつさないためにワクチンを打つことって大切なんだよな」

瀧村の言葉に、神津が感心したような顔をする。

「お前も将来子どもができたら、ワクチン打った方がいいかもよ」

「親切な忠告ありがとう。抗体価があるかは調べてみるが、子どもを持つのはまだまだ先になると思う」

苦笑しながら瀧村は答えた。

人の親になり、そしてメスで患者を救っている神津が、その態度に見合う男に近づいている。その存在の確かさを思うと、瀧村は自分が誰かに必要とされている存在なのだろうかと少し不安になった。

21

今日の戸谷は、手元で何かと格闘をしていた。

「何されているんですか」

訪室した瀧村は思わず訊ねた。

「いや、これね、スマートフォンというやつ」

戸谷は、瀧村に真新しいスマートフォンを見せた。まだ画面にフィルムがついている。

「どうしたんですか、それ」

「娘が買って届けてくれたんだよ、下着とかといっしょに」

「それ、テレビ電話できるんですよ。きっとそれをするために買ってくれたんじゃないですか」

「そうなのかな」

「それ以外、考えられませんよ。ちょっと見せてください」

戸谷のスマートフォンから連絡先を確認すると、娘の名前がすでに入っている。

「ほら、これが娘さんの連絡先で、こうするとテレビ電話ができますよ」

瀧村はスマートフォンの画面を見せながら、その方法を説明した。

「口話もできますし、広く映せば手話もできます」

「なるほど、すごく簡単なんですね。昔にも、こういう文明の機器があったらなぁ。今はなんでも便利になりましたね。でも娘にしては高価なプレゼントだ」

「施設に入っても面会禁止のところが多くなりますから、なかなか顔を見られないと思って買ったんじゃないですかね」

「そう思うと嬉しいですね」

「今日の夕方電話をかけてみたらいかがですか」

瀧村が提案した。善は急げだ。

「そうですか。なんか恥ずかしいなあ」

「恥ずかしくないですよ、娘さんもきっとかけてきてほしいと思います。特に緊急入院だと心配が大きくなりますからね」

「わかりました。では今日の夜にでも」

戸谷の目元が少し緩んだ。

三日後、戸谷のところへ採血のデータを持って訪室した。炎症反応も低下しており、リハビリの報告ではむせることなく食べられているようだ。

「順調な回復ですね」と瀧村はデータを示しながら言った。

「するともう、退院ですか」

「はい、予想以上に早く改善しました。来週には退院ですね」

「退院先についてなんですが、もともと施設に入る予定だったから、直接そこへ退院できないですか」

戸谷が訊ねた。確認して返事をすると瀧村は伝えた。

「そういえば昨日は娘さんとお話されたんですか？」

「それがね、機械の操作がわからなくなって、というのは言い訳で、ちょっと勇気が出なくなってしまってね。何話せばいいかわからなかったんですよ」

「家族と話すんですから、話す内容なんてなんでもいいですよ。でしたら、病状の説明もかねて、僕も同席で話しますか」

「それはありがたい。ご面倒でなければぜひお願いします」

「であれば、面談室を用意しますので、そこで話しましょう」

瀧村は戸谷と連れ立って病室を出た。ほんの三十メートル先の面談室だったが、戸谷のゆっくりとした足取りではかなり時間がかかった。

以前は自分の足で退院したことを考えると、老いや病の影響を垣間見る瞬間だ。

面談室はスタッフステーションの横にある小さな個室で一つのテーブルを中心に椅子が四脚備え付けられている。戸谷と瀧村が横並びで席に座ると、目の前に戸谷のスマートフォンを置いた。瑛子にテレビ電話をつなぐと、しばらくして瑛子が画面に映った。戸谷に似た鼻筋に、丸い眼鏡を載せた中年の女性である。背景にはリビングのような場所が映っていた。

「こんにちは、能勢医療センターの瀧村です」

そう挨拶をすると、画面の向こうの女性は難しそうな顔をした。

「先生、マスクで読唇ができないんです」

隣から戸谷の指摘が入った。

「あ、すみません」

マスクをずらしてもう一度自己紹介をした。

その後、病状については回復しており、もう退院できそうだということを口をゆっくり動かして伝えた。瑛子は画面いっぱいの笑顔を見せて、瀧村に頭を下げた。

「ありがとう、ございます」

おそらくそう言ったのだろう、画面の向こうから瑛子の声が聞こえてきた。

瀧村は静かに面談室を後にして、父娘の二人だけの空間にした。手話で会話しているのか、戸谷の声は聞こえない。瀧村は腕時計を見た。ＩＣＵの回診が始まる時間だ。瀧村はそのまま病棟を後にした。

ＩＣＵの回診終わりに施設に電話をかけると、病状が落ち着いていれば病院から直接受け入れることは可能ということだった。後日施設の職員と戸谷の娘が連絡を取り合い、迎えの都合を考慮して、退院は翌週の木曜日になることが決まった。

退院当日の朝、戸谷はいつにも増して元気であった。あの日面談室で娘とどんな話をしたかは最後まで教えてくれなかった。しかし、その表情からは退院そのものの喜びだけでないことが伝わってきた。

この日、娘は午前十時ごろに病棟に現れた。

病棟のスタッフから到着の連絡をもらった瀧村は病棟へ向かう。デイルームに一人、外の景色を見ながら座っている中年の女性がいた。紺色のコートにあの時の丸眼鏡、髪の毛は後ろで縛って一つ縛りにしている。

まだこちらには気づいていない。試しに声をかけた。反応はない。近づいて肩のあたりを軽くたたいた。びっくりした顔でこちらに振り向くと、瀧村の格好を見て席を立った。

瀧村は、胸元の職員証を両手で持って見せた。マスクを下げて、口をわざと大きく動かし、瀧村です、と名乗った。女性は一礼したあと、鞄から名刺を取り出して瀧村に渡した。

名刺には「戸谷瑛子」という文字と右上に耳をかたどったマークがあった。聞こえに不自由があることを示すマークだろう。

瀧村は、マスクをずらして「ありがとうございます」と唇を動かした。

「元気になってよかったです」

瀧村は唇をまた大きく動かして自分の気持ちを戸谷瑛子に伝えた。瑛子は再び一礼した。

「ほん、とうに、ありが、とう、ございました」

瑛子はマスクをずらして一所懸命に声を出した。

「ではお大事に」

瀧村は会釈してその場を去ると、戸谷のもとへ向かった。

私服に着替えた戸谷が、病室で車いすに乗って待っていた。背筋を伸ばしてジャケットを羽織り、グレーの中折れ帽を頭の上にのせていた。

「戸谷さん、娘さん来ていますよ」

「はい、看護師さんから聞きました。いよいよ退院です。先生本当にお世話になりました」

「施設でもお元気で」

「本当に十日で治していただいて感謝です。ありがとうございました」

戸谷はぴんと伸ばした背筋を折って深く頭を下げた。

七十八歳の人間が、二十代そこらの若い人間に頭を下げるのは、医者という肩書があってのことだ。医者をやっている喜びは、患者が元気に退院していくことを見届けるに尽きる。瀧村の心は実に晴れやかだった。

「コロナウイルス、また流行ってきているようですね。第四波の始まりですか。先生方も大変だと思いますが、どうかお体大切にしてください」

「お気遣いありがとうございます。それでは私はこれで」

瀧村は礼をして戸谷の病室を去った。


確かに今週になって陽性患者が増えてきている。六階の中等症病床に、昨日二人が入院していた。一日で複数の患者が入院してくるのは、第三波が過ぎてから初めてのことだった。そんな心配が現実になるかのように、蜂須賀からいきなり電話がかかってきた。

「瀧村、保健所経由で重症患者一人の搬送がくる。救急外来で初期対応できるか」

「はい、大丈夫です」

瀧村は走りながら言った。足は救急外来に向かっている。また忙しくなる、と直感でそう思った。

22

ここ数日で二人の重症患者がＩＣＵに入室した。これまでと違うところは、重症化するまでの時間が極端に短いということだった。

今週の対策会議を踏まえて、ＩＣＵの重症ベッドは現時点で三床運用であった。だが、それもすぐに埋まりそうな勢いだ。もう少しすれば日々、重症患者の処置や治療に追われることになるだろう。

今日は呼吸不全が遷延する一般重症患者の気管切開が予定されていた。蜂須賀を前立ちにして、初めての術者を瀧村が勤める。予定時刻に手術が始まると前日の予習通りに慎重に手を動かす。喉元の皮膚を切開し、皮下組織を剝離する。気管軟骨を確認したら、そこに穴をあけて空気の通り道を作る。蜂須賀がやれば十五分で終わる手技を、瀧村は丁寧に三十分以上かけて行った。

術中、離れて置いてあったＰＨＳが鳴った。

「牛島先生から電話です」

気づいた看護師が代わりに電話を取って瀧村に伝えた。

「今こいつ集中しているから後でかけるって言って」

蜂須賀が看護師に指示する。

処置が終わって、電話を取った看護師に聞くと、急ぎの要件であり、処置が終わったらすぐに牛島に電話するよう言われたとのことだった。発熱外来の患者のことだという。

瀧村はいやな予感が頭をよぎった。以前の発熱外来の患者で陽性を見逃したのだろうか。牛島に恐る恐る電話をした。

「瀧村です。処置終わりました。お電話何だったでしょうか」
「昨日の発熱外来の患者一覧を見られるか」
落ち着いた様子で牛島は言った。そばにあった電子カルテ端末を立ち上げて、昨日の発熱外来の受信患者一覧を開いた。その中に見覚えのある名前の患者があった。戦慄を覚えながら、その名前をクリックしてカルテを開いた。

戸谷瑛子50歳（以下、すべて筆談により聴取）
既往歴：先天性風疹症候群による先天性難聴
アレルギー：なし
現病歴：３月25日。父親を入所予定の施設に送り届けた帰りに倦怠感を自覚。家に帰って熱を測ると38度５分の発熱があり。翌日３月26日（本日）当院発熱外来を受診。ここ最近の会食などはなし。周囲にコロナ感染者はいないと。

「戸谷瑛子さんという人が受診患者にいるだろう。今日、ＰＣＲの結果が返ってきて陽性だった。担当医が患者にメールしたんだが、その返信に瀧村と話したと返信があったんだ。お前まさか、マスク外してないよな」

「マスク、外してしまいました」

少しの間をおいて瀧村は正直に答えた。

「外したのか、どうして」

「この方の父親から、娘は読唇術ができると聞かされていたので」

「コロナ陽性患者とマスクなしで会話したってわけか」

実際に話したときはそんなこと夢にも思わなかった。まさかとしか言いようがない。

判決が下される被告人のような気持ちで瀧村は牛島に尋ねた。複雑な感情が心を乱し、自分のしたことが間違ったことなのか正しかったのかもよくわからなくなってきた。

「先生、自宅待機でしょうか」

「厳密に濃厚接触者とはいえないが、病院規則上は自宅待機に該当する。申し訳ないが今日から二週間、自宅で過ごしてくれないか」

瀧村はマスクの下で唇を目いっぱい噛んだ。血が出てもおかしくない強さだった。

どんなことがあろうと、他人と会話するときはマスクを外してはいけなかったのに、マスクを外してしまった。それはこの病院に勤務する医療者の最低限のルールであり、お互いを気遣うマナーでもあった。

「父親も濃厚接触者でしょうか」

「それについては保健所が確認しているだろう。今は施設にいるという話だろう?」

「はい、施設にいます」

牛島との電話の後、瀧村はすぐに戸谷修次について退院先の施設に問い合わせた。応対した職員は、冷静に事態を説明してくれた。

「新規入居者はまず個室で経過を見る形になっています。当施設の嘱託医が健康をチェックしていますが、いまのところ症状は出ていないようです」

「わかりました。当院の入院経過について何か知りたい情報があれば、いつでも情報提供をしますと嘱託医の先生にお伝えください」

瀧村はそう伝えて電話を切った。

ここから二週間自宅待機に入る。すぐに帰宅準備をしなければならないのだが、その前に患者の引き継ぎや外来の予約変更などやることが山ほどある。どこから手をつけたらいいのかもわからないほど、瀧村の頭は混乱していた。

23

二週間という時間は瀧村にとって圧倒的に長かった。最初はテレビをほとんどつけっぱなしにして過ごしたが、朝も昼もワイドショーのメイントピックはコロナで、夜のニュース番組もコロナ関係の情報が放送時間の多くを占めており、三日も過ぎると内容に飽きてきた。コメンテーターは悲観的なことばかりしゃべるし、病院の内部映像では医療従事者の顔がぼかされて映される。罪を犯しているわけでもないのに、なんだか不自然だ。海外の映像では患者も医療者もモザイクがないのに。一体いつになったらコロナ患者を看護することが、他の感染性疾患と同じぐらいのありふれた業務になるのだろうか。

食事も同期からの差し入れだけでは足りず、結局コンビニに買いに行かざるを得ない。それならば病院にいたところで変わらないような気はしたが、ルールはルールだ。そんなことにまでイライラが募っていく。自宅に軟禁状態になって一週間もすると感情が高ぶったり、落ち込んだりで、体は暇なのに心は忙しい。勉強しようにもすぐにスマートフォンに目が行くし、集中できる環境にいるのに集中できない。

ニュースでは連日、感染者数の増加を報じている。定時に発表される新規感染者の数を気にしながら、一日が過ぎていくのをひたすらに待った。

自宅待機十三日目、四月六日の大阪の新規感染者は過去最多の８７９人になった。その速報を見て、今の病院の状況を案じた。連日の過去最多を更新しており、重症者も遅れて増えてきているからだ。重症者の増加と不足する病床や医療従事者のニュースがテレビで放送されるたびに、家にいる自分が情けなく感じる。特に症状もなく動ける体を持って時間を持て余している状況に、焦燥感だけが募っていった。

翌日は自宅待機の最終日で、病院へＰＣＲ検査を受けに行った。発熱外来が始まる前の時間に、職員用の検体採取の列に並ぶ。職員同士会話することなく、鼻腔から検体を採取されてすぐ家に帰った。夕方には電話で陰性が伝えられた。

この日大阪の新規感染者は９５７人だった。９００人を超えるのは史上初めてであり、瀧村は明日からの現場復帰に緊張を感じた。同時に、ようやく終わる二週間の自宅待機生活にやっと気持ちが落ち着いてきた。


翌日朝起きるとすぐにＩＣＵへと向かった。現状、重症ベッドは流動的に四床確保されていると看護師の三島が教えてくれた。瀧村の自宅待機前からずっとＩＣＵにいる患者もいた。現在は四床のうち三床が埋まっている状態だった。ＩＣＵのスタッフステーションでは、蜂須賀と牛島が朝から立ち話をしていた。

近づいてそばで聞き耳を立てていると、六階のコロナ中等症患者を一人、ＩＣＵの重症用ベッドに移したいという内容だった。牛島がそう希望しているようだが、重症用ベッドを管理する蜂須賀が首を縦に振らないで話が平行線を辿っている。瀧村は頃合いを見計らって、今日から職場復帰したことを伝えた。その姿を見た蜂須賀がひらめいたように口を開いた。

「牛島先生、その六階の患者、重症用ベッドに移そう。その代わり、自宅待機のせいで救急科で働けなかった分、瀧村の貸し出し期間を二週間延長してくれ」

牛島が苦虫を噛みつぶしたような顔をした。

「そんな図書館の貸し出し延長みたいなことを……四月からうちの科で専属のはずなんですが」

「四月後半からはずっと先生のところで働くんだ。二週間ぐらいいいでしょう。自宅待機分はしっかりとうちで働いてもらわないと」

その圧に負けて牛島と瀧村は首肯した。

「では、そういうことで。牛島先生、すぐ重症用ベッドを用意するのでいつでもその患者降ろしてください」

牛島は何か言いたげな顔をしたが、すごすごとＩＣＵを後にした。


それから一時間ほどして瀧村のＰＨＳが鳴った。牛島からだった。

「瀧村先生、復帰早々申し訳ないのだけど、患者の受け入れに関して相談があります」

「なんでしょうか」

「保健所からの依頼なんですが、戸谷修次という七十八歳男性です」

瀧村は生唾を飲み込んだ。

「先生が以前主治医だった患者さんだよ。コロナ陽性だった娘と退院の時に接触したので、退院先の施設で隔離対応していたんだが、三日前から発熱したらしい。昨日まで酸素の数値は問題なし。しかし今日になって血中酸素の値が90パーセントと低下しているらしい。一旦保留にしていたが、中等症ベッドが一つ空いたし、もともとは先生の患者なので、受け入れようと思うのですが……」

「戸谷さんですね、ずっと診てきた患者さんです。僕が担当しますので、受け入れをお願いします」

「こちらも人が足りないので助かります。なら受け入れますね」

牛島も蜂須賀以上に人たらしだと思った。

「ああ、それから瀧村先生。戸谷さんは誰がみても高齢者だ。延命治療に関する考えについては入院の時に聞いておいてください」

牛島が間髪入れずに言った。

高齢者治療がすなわち延命治療でないことは牛島も瀧村ももちろんわかっているのだが、もはやそれを聞かずにいられる雰囲気ではなかった。

ただ本当にこれから人生百年時代というのなら、戸谷はあと二十二年も生きられるのに、コロナという枕詞が付いた途端、すぐに延命治療の話が出てくるのはなんだか腑に落ちない話だなと思った。

それからほどなくして、戸谷を乗せた救急車が救急外来に到着した。一般の入口とは違う裏の入口から搬入され、すぐにCTを撮り、ビニールで防護されたレントゲン撮影機で胸のレントゲン写真を撮った。瀧村は検査を終えた戸谷を六階の感染病棟へと上げた。

六階へ上るエレベーターの中でも、血中酸素飽和度は90前後を行ったり来たりしている。戸谷は肩で息をしているように見えるのだが、そこまで息苦しいとは感じないという。コロナウイルス特有の現象ではあるが、実際に体は酸素を欲している。酸素不足の影響で、各臓器には見えないダメージが出ているのだ。

「娘さんは大丈夫でしたか」

病室に入り、ストレッチャーからベッドに移乗させた後、瀧村が訊ねた。

「娘はホテルで過ごしていましたが、症状は幸い軽くて落ち着いているらしいです」

「そうですか、それはよかった」

「私はどうなってしまうのですか」

これまでに見たことのないほどの不安げな表情で戸谷が訊いてきた。

「これまでの病棟とは少し違いますが、以前と同様に入院して治療をします。今回は、新型コロナウイルスによる肺炎の治療です」

瀧村はゆっくりと説明をした。

「現時点でわかっていることは、この病気に対する特効薬はありません。そして若い人に比べて高齢であると重症化しやすいとされています」

戸谷は黙って聞いている。

「重症化率が高いということは死亡率も高いということです」

瀧村の言葉に戸谷が静かに頷く。

「回復が見込まれない状態になったときに、延命治療をされるかどうかについてのお考えを聞いておかなければなりません」

瀧村の問いかけに、戸谷は表情を変えなかった。

「延命治療ですか。私自身は望まないですが、娘がどう思っているのかは正直わかりません」

「これまでにそれを話し合ったことはありますか」

「恥ずかしながらありません。そうですよね、この年齢になったら、そういうことも話しておかなければならないでしょうね」

戸谷が目を細めた。

「面会ができないのがつらいですね。先生に教えていただいたテレビ電話で聞いてみますね、でも顔を突き合せたら、却って本当のことが言えなくなるのかな」

戸谷がマスクの下で短いため息をつく。

「テレビ電話でもメールでも、延命のことを聞くのはなんだか感情を込めにくいですが、早く決めなければなりませんよね」

「今すぐにというわけではないですが、急速に悪化する可能性のある病気ですので」

「わかりました。娘に連絡してみます」

戸谷の病室を出て防護服を脱ぎ、六階感染症病棟のスタッフステーションに戻った。グリーンゾーンの裏の壁には、地元の小学校の生徒からの寄せ書きや千羽鶴が飾られていた。

瀧村にとっては久しぶりの感染症病棟だった。スタッフステーションのカウンターの奥はレッドゾーン。こちらはマスク一枚で済むが、向こう側はN95マスクに防護服。まるで一つの空間に違う星の環境があるかのようだ。

カウンターの前に、このフロアの入院患者すべてのバイタルサインが記録されている大型モニターがある。モニターには十六人分の心電図や血中酸素飽和濃度が遠隔でモニタリングでき、異常値がでるとアラームが鳴る仕組みだ。

瀧村はそのモニターに目をやった。十六人のうち、血中酸素濃度が正常値である95パーセントを上回っているのは数名しかいない。

もちろんこれは酸素を吸っての値であろうが、逆にほとんどの患者で酸素を吸っていても酸素濃度が正常域には達していないということだ。それでもアラームが鳴っていないということは、アラームの閾値《いきち》が下げられているのだ。重症ベッドが徐々に埋まっていくのと相関して、中等症患者の重症度も上がってきている。瀧村は自宅で待機していた二週間の間に、事態が大きく様変わりしたのを感じた。

24

四月十四日。令和三年度になってすでに六回目となる対策会議が開催された。前日の十三日における大阪の新規感染者１０９９人という数字に、誰もが緊張の面持ちで会議の進行を見守っていた。

今日までのベッド状況が報告された後、今後の対応について牛島が口を開いた。四月の異動で、いつの間にか牛島に副院長という肩書きが与えられていた。

「大阪では感染者の急増から重症者も増えてきています。当院もさらに重症者を受け入れるよう依頼されています」

目の前のスクリーンに、ＩＣＵのベッドマップが映し出された。

「今のコロナ重症ベッドは五床。現在すでに四人の人工呼吸器を装着している患者がいます」

ＩＣＵのベッドは全十床。その半分が個室であり、すべてが重症コロナ病床に当てられている。残りのＩＣＵが一般重症患者用で五床中四床が埋まっている状況だ。着実に重症患者が増えている。

「一番端の個室は空いているじゃないか。そこも使わないのか」

反射的に発言したのは院長だった。

「ここは中等症患者が重症化したときのベッドかつ、一般のＩＣＵが満床になったときの院内一般患者の急変用の一時的なベッドです。集中治療が必要になった場合に備えて、絶対に空けておかなくてはなりません」

蜂須賀が強い調子で答える。

「中等症ベッドで急変したら、中等症ベッドで治療をしたらあかんのか」

院長が続けて口を開いたが、蜂須賀の表情はさらに険しくなる。牛島もこれには黙っていることができず、

「中等症のベッドと言っても部屋はただの一般病棟の個室ですよ。医者の目が届きませんし、

狭い部屋に人工呼吸器やいくつもシリンジポンプつなげて治療をするなんてちょっと無理だと思います」

と反論した。

「いや重症化したら、もう中等症ベッドで治すしかないだろう。いまの大阪の重症者のベッド占有率はもうぎりぎりだぞ」と院長。

「ぎりぎりなのは承知していますが、看護師の数も足りていません。重症ベッドを回すのはこれ以上無理です」

蜂須賀も牛島に加勢する。

「重症ベッドが使えない重症患者は結局、中等症病院から転院できずにその病院の中等症ベッドで診るんだろう。そうしたら同じじゃないか」

「大阪全体のレベルで考えたらそうかもしれませんが、うちでやるにはあまりに現実味に乏しいです」

院長のある意味鋭い指摘に牛島が応じる。ここまで必死になって反論する牛島を見ると、中等症病床に割ける内科の人員もぎりぎりに違いない。

「重症として治療するなら、ちゃんと重症用のベッドで治療するべきだと思います」

蜂須賀の医師としての矜持なのだろう。院長相手でも部長二人は譲らない。

「そうですね、そうでなければ重症、中等症に分ける意味はなくなりますからね」

牛島も同意した。

「それに中等症病床で重症を診はじめると、中等症に対応する人員が相対的に不足してしまい、結局全体としての死亡率が上がってしまうかもしれませんよ」

「しかしなあ、府からの要請でとにかく一床でも多く、重症ベッドを作るしかないんだ」

院長が額の前で手を組んで考え込む。

「スタッフが疲弊しないのが一番やとは思う」

「この問題に答えはないですよ」

「中等症は一床増やせるかもしれませんが、看護力が足りません」

皆思い思いの声を発しているが、議論を前には進めようとしない。

「であれば救急外来は三次救急以外を残して、閉めよう」

突然、院長が思いついたように言った。

「三次救急は一日に三件も来ないだろう？　来たら、休憩中の病棟のスタッフでもなんでも、捕まえて賄うようにして、外来専属の看護師を全部病棟に回せ」

「そんな、無茶です」

看護局長の照屋が声を挙げたが、院長の提案に異を唱えるものはいない。救急外来を閉じれば、急患はいなくなり、医師は皆病棟や手術など本来の業務に集中できるからだろう。

「なら三次救急も休止にするべきか」

院長が口走る。

「院長、三次救急だけは残してください。地域救急の砦なので。そこを止めると救急科と名乗れません」

蜂須賀が院長相手に凄んだ。こんな権幕の蜂須賀は見たことがない。

「わかった。三次救急など重症者用の救急外来は継続し、救急外来の外来看護師を病棟に回す」

院長の言葉に照屋は長いため息をついた。

公立病院の試練だった。府民の命を守るためにも府の要請に対してできるだけ応えなければいけないのだが、とにかく足りないものが多すぎる。

三次救急以外の救急外来を止めたからといって、ベッドの数が増えるわけではない。しかし、現状は何とか看護師の数を集めて、運用できるベッドを捻出し、患者を受け入れてなるべく早く退院させるしかできることはないのである。

院長の発破がかけられた翌日には実際にその通りの運用が始まった。救急外来に人の姿はなく、がらんとして一部の電気は消されている。市の救急指令室には三次救急以外の受け入れを中止することが伝えられた。一般の市民に向けてはホームページなどで前日から告知を行ってはいたが、実際に病院を訪れた人もいた。救急外来が閉鎖されていることに憤慨し、事務員につかみかかる人もいたらしい。

一方、六階感染症病棟のスタッフステーションには、殺気が漂っていた。急遽外来から新しい看護師が二人派遣された。一人はこの四月から入職した新任の看護師だった。これまで別の病院で勤めてきた経験があるとはいえ、いきなりの感染症病棟への派遣に目元が引きつっていた。そんな光景を横目に、瀧村はスタッフステーションで戸谷のモニターを見た。

昨日から徐々に血中酸素飽和度が下がってきている。朝の時点で88パーセントだ。その時、瀧村のＰＨＳが鳴った。着信は臨床検査科からだった。

「先生の担当の患者さんで、六階の戸谷さんという方、院内の検査で、Ｎ５０１Ｙと確認されました」

Ｎ５０１Ｙ、イギリスで発生した変異株だ。ＩＣＵではすでに、四人の重症患者のうち三人がそのＮ５０１Ｙだった。感染力が強く、特にここ大阪で蔓延している。重症化のスピードが速く、早期に手を打たないと取り返しのつかないことになる。

「先生、戸谷さん、酸素化落ちてます。今80台前半です」

カウンター越しに、看護師が大声で声をかけてきた。遅れて横のモニターのアラームが鳴る。

酸素飽和度84パーセントだ。多くの名前が連なっているその中で、戸谷の名前の部分だけが危険を知らせるように黄色く点滅していた。

すぐにでも病室に駆け込みたいところではあったが、防護服を着ないといけない。心臓が停止したとしても、防護服を着てから向かうと院内でも決まっている。患者を守るためには、まず自分を守らないといけないのだ。

急いで防護服に着替え、戸谷の部屋の扉を開けた。

「戸谷さん」

瀧村は叫んだ。戸谷は眼を開けるのもしんどそうな状態で、鎖骨の上の窪みがべこべことへこむほど大きな息をしている。

「酸素の値が急速に低下しています。このままの状態では命に関わるので、人工呼吸器の治療を開始しなければなりません」

「人工呼吸器の、治療ですか。重症なんですね」

まるで他人の心配をするかのように戸谷は言う。

「そうです。お口に管を入れて、人工呼吸器につなげます」

「先生、私は助かるのでしょうか。助かるのであれば、その治療を、してください」

「助かるかどうかは、治療をしてみないとわかりません」

「そうですよね。でも治らない可能性もあるんですよね」

「前回も、前々回も治って退院されています。治る可能性もあります」

瀧村は言葉に力を込めた。

「先生に、お任せします」

「わかりました。人工呼吸器で治療させてください。お願いいたします」

「私の体を、一番、わかっているのは先生です。よろしくお願いします」

そう言って戸谷は眼を閉じた。言葉を発するのもやっとの状態なのだ。

瀧村は遅れて病室に入ってきた看護師を見た。

「挿管準備をお願いします。挿管して人工呼吸器につなぎ、ＩＣＵに移します」

「わかりました」

看護師が部屋を出るのと入れ替わりに救急科の中谷も人工呼吸器を引き摺って応援に来た。

「人工呼吸器が必要なのはこの部屋か？」

「そうです」

「ＩＣＵにはひと声かけといたぞ」

中谷が瀧村にアイコンタクトする。

気管挿管のための用具と薬の準備が整うと、瀧村は戸谷の頭側のベッド柵を外し、頭の上のスペースに立った。

「今からお薬が入ります。もう眠ってしまいますからね」

中谷が点滴のルートから麻酔薬と筋弛緩薬を入れると、しばらくして戸谷の反応はなくなった。一時的ではあるが、すべての苦痛から解放された状態である。血中酸素濃度の値がさらに下がっていく。自分で呼吸ができなくなったからではあるが、早く人工呼吸器につながなければならない。

瀧村は、ビデオ喉頭鏡を見ながら、挿管チューブを戸谷の声帯の間に向けて進めた。口角にチューブがテープで頑丈に固定されると移動式の人口呼吸器につなぎ、ＩＣＵへ移動する準備を始めた。

ＩＣＵに降りると、最後に残った個室の前で蜂須賀が待っていた。

「本気で治療するんだな？」

「もちろんです。本人が集中治療を望まれました」

「では、お前が責任を持ってしっかり治療をするんだぞ」

蜂須賀が念を押した。

「責任ですか」

「当たり前だ。後期研修医とはいえ、お前はもう医者五年目だ。救急科のローテーション最後の試験だと思え。試されているのは人の命を責任をもって預かることができるかどうかだ」

「わかりました」

そう答えたものの瀧村に自信はなかった。今まではどこか上級医に甘えている自分がいたからだ。たとえ瀧村が一人で判断したとしても、その責任は一緒に担当する上級医と共に分けて背負うと思っていた。医者も五年目を迎えれば極端に間違った選択をすることはないとは思うのだが、自分一人で決めること、患者の将来を自分の決断が左右してしまうことへの恐れがじわりと湧いた。

「たとえ患者が死んでも、それはお前の責任だ。すべては医者の責任だ」

瀧村に向かって怖気ずく蜂須賀が続けてまくしたてた。マスクの下で喉が渇いていた。返す言葉の代わりにつばを一生懸命飲み込んだ。

「そうならないように最善の選択をするのと同時に、ここが集中治療室であることを忘れるな。病気の進行に太刀打ちできないときは、治療撤退の決断も遅れないようにすることが治療医の義務だぞ」

「治療撤退ですか」

瀧村の頭に、延命治療の文字が浮かぶ。ベッドの上に横たわる戸谷の顔を見た。戸谷は娘と話すことができたのだろうか。

意識がなくなり、苦痛を忘れたその顔は、治療への希望を湛えた顔にも、治療をあきらめて重荷から解放された満足気な顔のどちらのようにも見えた。

25

朝のカンファレンスが終了すると、ICUの回診が始まった。ICUの回診は、救急科の医師たちとローテーターの瀧村、看護師や薬剤師が集合して、一人一人の患者を診て回る。先頭には昨日当直を行っていた救急科の新藤医師が、患者の状態の変化や今日の注意点などについてプレゼンテーションをしながら、ゆっくりと病室前の通路をツアーガイドのように引導している。

三人目の患者の回診が終わったとき、集団の中ほどにいた蜂須賀のPHSが鳴った。着信表示を見て、険しい顔をしている。

「コロナ重症者の受け入れですか。申し訳ないのですが、当院はすでにもう重症コロナ用のICUが埋まってしまいまして、受け入れ困難です。すみません。他を当たっていただければと思うのですが」

蜂須賀が電話口で答えた。また受け入れの打診の話だろう。

「他も困難ですか。大学病院はどうなんですか」

「院内クラスター発生で受け入れ停止？　そうなんですか」

蜂須賀がため息をついた。皆が回診の足を止めて蜂須賀の方を見た。

「申し訳ありません、今日は重症用ベッドは満床で、これ以上はマンパワーの面でも難しいです。申し訳ない」

蜂須賀が電話を切った。病室の患者の様子を見ながら、皆またぞろぞろと通路を歩きだした。瀧村も後方で今日の治療方針や処置の内容などの重要事項に耳を傾ける。

「参ったよ。浪速大学の病棟で院内クラスター発生で、二週間受け入れ停止だって」

蜂須賀が中谷に小声で話しかけた。

「だいぶしんどいですね」

「うちも埋まっているからな」

「そうですよね、六階の中等症患者が重症化したら現状は転院搬送になりますが、搬送先なんてそう簡単に見つからないでしょうね」

中谷の言葉が、回診に集中していた瀧村の耳をさらっていた。

一行はコロナ重症ベッドの五人目、戸谷の病室の前に来た。扉には「Ｎ５０１Ｙ」と書かれたマグネットシールが大きく張られている。

「ここも変異株です」

新藤のプレゼンテーションは続く。昨日の当直中は一人でこのコロナ重症患者五人を診ているのだ。顔に疲れがたまっている。

「昨日挿管され、人工呼吸器管理となって一日目です。鎮静、鎮痛、筋弛緩で呼吸パターンに大きく問題はないですが、高齢であり注意が必要です。以前に、この病院に膿胸で入院歴があり、その際の後遺症で肺の拘束障害があるようです。そのため、人工呼吸器の設定をやや強めにしています」

瀧村はガラス越しに、人工呼吸器につながれた戸谷の顔を見た。以前、ベッドのすぐ横で胸の水を抜いたり洗ったりした光景が蘇ってくる。今は防護服がなければ容易に近づけない。

大丈夫だ。何とかなる。戸谷に心の中で声をかけたつもりだったが、その声が届く先は鏡に映る瀧村自身だった。


大阪の感染者も変異株の影響でここ数日の感染者が爆発的に増加していた。

院内のコロナ感染者の六割以上が変異株であるという状況で、この変異の影響か重症患者の回復に以前と比べて時間がかかっており、ＩＣＵの重症ベッドの占拠期間が長くなっている。院内の対策チームの見立てでは重症ベッドの回転率はもう少し高いはずであった。しかし現状はその見立てを大きく下回っており、中等症の患者をぎりぎりまで中等症病床に留め置いていることで何とかベッドから溢れるのを回避している状態であった。

けれども昨日の戸谷を最後に、パズルのピースがはまる穴がなくなってしまった。その状況は当院だけではなく、大阪府内全域で同じような傾向が認められ、府からの緊急要請や重症患者の収容依頼が午後も続いたことから、本日緊急でコロナ対策会議が招集されるに至った。そこでは感染者の増加以上にベッドの逼迫が加速し、大阪府内各地で重症化した患者の行き先が長期間決まらないという事例が報告された。

「当院のフェーズは最終フェーズに突入します」

続いて発せられた院長のこの一言が、緊急会議の開催意図を明確にした。

「最終フェーズ？」

会議室に参加者のどよめきが起こる。

「院内のＩＣＵはすべてコロナ重症病床になる」

「すべてですか？　十床とも？」

中谷が声を上げた。蜂須賀は黙って院長の方を見つめている。

恐らく事前に根回しがあったのだろう。蜂須賀だって副院長の椅子は欲しいはずだ。

「十床すべてコロナだ。ＩＣＵのフロアごとコロナ専用にしてしまえば、個室である必要もなくなる。病棟ごと、コロナ専用の隔離病棟にしてしまうんだ」

「変異株と確定している患者をオープンスペースの五床で診て、それ以外のコロナ患者を個室で診る」

院長に補足して蜂須賀が答えた。

「とうとう来るところまで来ましたね」

「こんな日が来るとはな」

どこからともなく声が漏れる。

「コロナではない一般の重症患者はどこで診るんですか」

「ハイケアユニットの四床を使う。ただし、看護師が足りないのでひとまず二床のみを稼働させ、一般用重症ベッドとして運用する」

蜂須賀がスクリーンに表示してあるＩＣＵのベッドマップにレーザーポインターを当てながら説明した。

「今いるＩＣＵの一般重症患者四人の中で、一番目と二番目に重症な患者をそのハイケアユニットに移す。そして残りの二人は一般病棟に移す」

「一般病棟ですか？　それはあまりにも危険すぎませんか。三番目、四番目といっても重症に変わりはありません。まだ状態の安定しない患者がほとんどだっていうのに」

中谷の主張はもっともであり、誰もが賛成の顔をしているが、賛同の声を上げるものはいない。蜂須賀と院長の方針が覆ることはないと思っている。

「非感染の一般重症ベッドが二床って言ったって、もし一般病棟の患者で院内急変が発生したらどうするんですか？」

「こうしたらいいという答えはない。ただ、これ以上、予期せぬ状態を案じてベッドを空けておくわけにもいかない。そうなった時に考えるしかないんだよ」

蜂須賀が答えた。

「では新しく救急外来から運ばれてくる三次救急の重症患者はどうするんですか」

「そこなんだが、一般重症ベッドが空くまで三次救急を休止することが決まった」

院長の宣言に、皆耳を疑った。

「三次救急が休止？　一次、二次救急も止めていて、さらに三次救急も閉鎖するんですか」

「そうだ。そう決めた」

院長の気持ちは固まっていた。蜂須賀も表情を変えない。

「そもそも今は一般用の重症ベッドがないじゃないか。空いていないベッドに患者は入れられないよ」

橋須賀の言葉は至極当然のようにも聞こえるのだが、瀧村の気持ちは落ち着かない。

「まだ今はＩＣＵの個室が一床空いています。そこを回せばなんとかいけます」

そう声を上げたのは新藤だ。

「その一床はコロナに使うと決めたんだ。このペースだとコロナ重症患者の受け入れ要請が夜間にかけて数件あるだろう。来るかもしれない三次救急の一般患者よりも、必ず来るコロナ重症患者のためにベッドは空けておくべきだ。心配するな、すぐにコロナ重症ベッドも埋まってしまうさ」

蜂須賀と院長が一枚岩になって、だれもその牙城を崩せない。

「しかし、浪速大学の救命救急センターも閉鎖しているんですよ、この地域で重症の病気や外傷患者が発生したらどうするんですか」

「それも受け入れることはできない。大阪府内の救命センターがすべて閉鎖しているわけじゃない。対応してもらえる病院を探してもらうしかない」

「そんな」

「いいか、もはや災害なんだよ。あらゆる患者をトリアージしていかなくてはいけないんだ。どの命を救うかを考えている時間はない。今はとにかく、目の前の命に集中しろ」

蜂須賀の声には覚悟があった。重症コロナを診る病院としての覚悟だ。

「わかりました」

新藤はとうとう折れた。

その日のうちに、ＩＣＵの一般重症患者はハイケアの二床と一般病棟の二床にそれぞれ移動された。意識のある患者には、別の病棟に移動することを伝えたが、嫌な顔をされることはなかった。一般病棟に移動するというニュアンスで伝えれば、普通であれば少なくとも快方に向かっていることが含意されるだろう。しかし現状はそうではない。ＩＣＵから移動したこの患者は一般病棟で最も急変リスクが高い患者になるのだった。

そのため一般病棟でもスタッフステーションのすぐ横の処置室を病室として使い、スタッフの目が届くところに入院の措置が取られた。しかし、夜間などスタッフが手薄になるときには、監視の目が届かない時間帯もある。一般病棟のスタッフにも緊張の夜勤となることは明白で、中には人工呼吸器を扱ったことはないと、師長に訴える若手の看護師もいた。

ＩＣＵでは患者エリアをレッドゾーン、スタッフエリアをグリーンゾーンとしたゾーニングが行われ、各ゾーン間の物品の受け渡しなどのシミュレーションや、入口からの動線の確認などが行われるうちにすぐに夜になった。増床が保健所に伝えられるやいなや、それを待っていたかのように、ホテルから急変した患者が一名、救急外来での挿管、人工呼吸器装着を経由してＩ

ＣＵに入院となった。さらに夜中には、院内の中等症ベッドの四十三歳の患者の酸素化不良が顕著となり、ＩＣＵへ降ろして人工呼吸器管理となった。二人を受け入れたのは当直医の中谷だった。

一晩のうちに重症二人を受け入れたのは例がない。おそらくほとんど限界に近い数字だろう。すぐに埋まると言った蜂須賀の予言は現実のものとなった。

翌朝のカンファレンスでは中谷は自分の運のなさを皆の前でぼやいていた。初日から一晩二人の重症患者の受け入れは、タイミングがたまたま重なったとはいえ確かに運が悪い。

救いであったのは救急外来が一切止まっていることで、一般の患者がＩＣＵに入院してくることはなく、今いる重症患者に集中できたことぐらいだろう。ただこの日、近くで発生した重病の患者はどこへ行ったのだろうか。遠くへ運ばれることで、助けられたはずの命が助からなくなったことはなかったのだろうか。もしかしたらそんな患者がいたかもしれないと思うと瀧村は胸が苦しくなった。

さらにこの日の午前中も他の中等症病院からの重症化した患者二人を挿管されたのちに転院搬送で受け入れ、あっという間にＩＣＵの十床のうち、九床がいっぱいになった。救急科のスタッフ医師たちはその準備や調整に追われた。

皆ＩＣＵを忙しく走り回りながら、電話や口頭で指示を出している。どの電話が鳴っているのかわからないほど、同時に多くの着信音が途切れることなくＩＣＵに響いていた。

端の席では当直明けの中谷が眠気と闘いながら、頭を時折上下させて電子カルテに記録を打ち込んでいた。その中谷と目が合うとちょっと来い、というように瀧村を手招きする。

「皆忙しそうだし、ホットラインは先生が持っていてくれ」

瀧村は受け取った黒い携帯電話を強く握りしめた。

「大丈夫、一般の重症患者はベッドがないから蜂須賀先生に言って断ればいいし、重症のコロナ患者はベッドが空いていれば受け入れていいよ」

充血した目をこすりながら、中谷はそう言い残すと立ち上がって医局へとよろよろと戻っていった。

瀧村はＩＣＵを見渡した。個室になっている五床は埋まっている。個室ではないオープンベッド五床は四床がコロナ患者で埋まっている。ハイケアユニットの稼働している二床はもちろんまだ一般の重症患者がいる。

スタッフステーションで新藤が蜂須賀に何やら熱く話をしていた。瀧村はわざとその近くの電子カルテ端末の前に座り、カルテを記載しながら、耳をそばだてた。

「三次救急を再開しろって言ったって、どうやって再開するんだ。ベッドもないのに」

蜂須賀が苛立っている。

「一番端の３０１号の個室にいる大賀さん、人工呼吸器から離脱して二十四時間たちます。この人を中等症に上げれば、個室が一つ空きます。その一つを一般の重症用ベッドにしてはどうでしょうか」

「もしその前に重症化したコロナ患者が来たらどうする」

「その場合は、３０３号にいる前川さんは変異株なので、オープンベッドに出せば、その空いた個室に入れることができます。明日になれば、ハイケアの一般重症患者の一人はなんとか上の病棟に上げられます。それで一般用の重症ベッドは明日も回せるはずです」

「お前の良心がそうさせるのなら、それでいい。今日の当直はお前だからな」

　蜂須賀が勝手にしろと言わんばかりの目つきで新藤に言い放った。

「医療圏は六十万人、それに対して一般用の重症ベッドは今二つしかありません。二つですよ。コロナ重症ベッドは十床もあるのに」

　新藤が感情をむき出しにしている。

「コロナ患者の数が重症病床から溢れてくるのは目に見えている。そのための先手を打ったまでさ」

　蜂須賀が答えた時、その胸元でＰＨＳが鳴った。しばらく応答して電話を切ると、蜂須賀は不敵な笑みを浮かべて新藤に向かって言った。

「六十二歳の男性、コロナ重症患者を受け入れた。午後二時に当院着だ」

26

昨日に引き続き、ＩＣＵの喧騒は増している。３０１号室の大賀が中等症病床に移る準備をしている。人工呼吸器が取れて挿管チューブが抜け、口で会話ができるようにはなっているものの、まだ食事も始まっていないし、鼻から酸素が流れている状態だ。

コードグリーンが流れ、六階までの搬送通路の安全が確保されると、大賀はビニールに囲まれた特殊な車椅子に乗せられ、背もたれにうなだれるようになりながらＩＣＵから出ていった。

３０１号室はすぐに消毒され、新しいベッドに白いシーツがかけられた。一般用重症ベッドがなんとか一床空いたので、新藤の希望通り三次救急は一時的に再開となった。

オープンスペースでは二時に間に合うように人工呼吸器の搬入や透析の機械など、新しいコロナ重症患者のためのベッド周りの環境が整えられていた。事前に送られてきた紹介状によると、その患者は変異株の患者で、基礎疾患に腎不全があり透析を導入しているらしい。肺にも腎臓にも疾患を抱えて、ここから二十キロ以上離れた南大阪の病院から転送されてくる。転送中にも急変する可能性だってある。しかし、もはや距離などは関係ないのだ。空いているベッドを求めて大阪中を南から北へ、東から西へと患者は移動しているのである。

突然、瀧村の白衣のポケットの中でホットラインの電話が鳴った。あまりの音量に周りにいた看護師たちが一斉に瀧村の方を向いた。

「五十歳の女性、心肺停止状態です。直近の病院に三件断られています。初期波形は心静止。現在ＣＰＲを実施中。受け入れをお願いできませんでしょうか」

救急隊の叫びに近い声が電話口から大きく漏れた。その声の奥では、ＡＥＤの電子音声が鳴り響いている。

「患者から離れてください……心電図を解析中です……胸骨圧迫を続けてください」

電話をつなげたまま、すぐにＩＣＵの奥にある部長室へ向かった。中に蜂須賀がいる気配がする。扉をノックしてドア越しに受け入れの可否を聞いた。

「受け入れろ」

意外なほどすぐに部屋の中から返事が返ってきた。

「お待たせしました。受け入れ可能です。お願いします」

瀧村がホットラインで返答する。

「ありがとうございます。到着まで二十分です」

電話は焦ったように切れた。部屋から出てきた蜂須賀に救急車の到着時間を伝えた。

蛍光灯が消えていた救急外来の初療室の明かりをつける。救急診療が止まっていたのでしばらく使われていなかった電子カルテの電源を立ち上げて、自分の職員番号でログインした。

蜂須賀は防護服に着替えて、Ｎ95マスクにアイゴーグルを装着し、一人だけ降りてきた看護師に必要物品の指示を出す。

普段は三人の看護師が重症患者の救急診療には投入されるが、ＩＣＵがこうなってしまっては一人が限界だった。一人ですべての準備をしながら、自分も感染対策のために防護服を着なければならない。瀧村も搬送されてくる患者の検査を電子カルテで入力すると、すぐに防護服に着替えて臨戦態勢になった。

遠くからサイレンの音が迫ってくるのがわかる。しばらくしてそのサイレンが消えると、救急車が病院の敷地内に入ってきた合図だ。

瀧村は初療室から救急車の搬入口へと向かった。搬入口から外に出ると冷たい外気を防護服越しに感じる。救急車の後方の扉が開き、救急隊によって心臓マッサージをされながら、患者がストレッチャーごと地上にゆっくりと降ろされた。

「五十歳女性です。会社の事務員の方で、出勤してこないことを不審に思った同僚が部屋を訪ねて、中で倒れているところを発見されたようです」

ストレッチャーに乗せられた患者は顔面蒼白で、一言で言ってしまえば生きている感じが全くしない。左手はストレッチャーから重力に負けて垂れ下がり、閉じ切らない瞼の中で瞳は一点を見つめて人形のように動かない。

初療室ベッドの頭元に蜂須賀が陣取っている。

「１、２、３」

蜂須賀の合図で、左右から医療スタッフと救急隊が患者を抱えてストレッチャーからベッドに移した。心電図モニターが取り付けられ、確認のために一瞬、蜂須賀が心臓マッサージを止めるように救急隊に指示した。波形は横一線だった。

「波形は心静止。胸骨圧迫再開」

心臓の動きがない状態だ。男性の救急隊員が心臓マッサージを再開する。

「救急隊が接触したのは何時だ」

蜂須賀がその場にいる救急隊に訊ねた。

「十二時十分に通報なので、十二時十五分ごろです」

「初期波形が心静止で、病院到着まで四十分以上か」

蜂須賀は初療室の壁時計を見て言った。現在時刻は午後一時になろうとしている。

「そしたら蘇生は中止する」

蜂須賀の太く低い声が初療室にこだました。

血管の見えにくい丸みを帯びた腕から点滴を取ろうともがいていた瀧村は顔を上げた。患者の心臓マッサージを続ける隊員はその声に反応できないほど集中していた。

「蘇生は中止だ。胸骨圧迫もしなくていい」

蜂須賀が再び、マスク越しでも聞こえるように周りに伝えた。

「中止ですか。せっかく運んでもらったのに」

瀧村が蜂須賀の方を見て言った。

「中止だ。目撃者のいない心停止で蘇生を四十分以上もしているが生体反応はない」

「アドレナリンを打ったら、心拍が再開する可能性があるんじゃないですか」

ささやかな抵抗のつもりで、瀧村は思ったことを蜂須賀にぶつけた。

「打っても同じさ。万が一戻ったとしても神経学的予後はないに等しい。つまり社会に復帰できる可能性などない」

患者の口にあてていた酸素マスクを外して、蜂須賀は続けた。

「それに万が一蘇生したら、人工呼吸器は必須。ＩＣＵのベッドも長期間占領されるだろう。このご時世にそれが許されるほど、医療資源は余ってないんだよ」

「そうかもしれないですが、あまりにも」

瀧村はその先の言葉が出なかった。

「お前はなあ、先着順に医療がしたいのか？　この患者がＩＣＵに入れば一般重症ベッドは全部で三床、その分の看護力が取られることを考えればコロナ重症患者を看護する看護師が足りなくなる。今でも夜勤帯でどうやってこの患者数を看るかを看護局が必死で考えている状況だぞ。看護師を一般重症患者に割いて、それで二時に病院につくコロナ重症患者を取れると思うか？」

「では、この患者さんは別の救急病院に任せるのではいけなかったのですか」

「俺は自分の良心にしたがったまでだ」

「良心？」

瀧村は蜂須賀の本意を推し量れずにいた。

「この病院が断れば、さらに受け入れまでの時間が延びる。すでに四十分以上心停止の状態だから、受け入れまでの時間が延びるだけで、助かる確率はほぼゼロのままだろう。そうであればこの病院で受け入れ、死亡確認をするのが、大阪の医療全体の観点からみて適切だ。良心に従いそう判断した」

良心という言葉は実に使い勝手のいい言葉だと瀧村は思った。訝しむ瀧村へ語るように蜂須賀が続けた。

「今は重症者の入院の閾値が極めて上がっている状態だ。救急外来は入院の調整弁。すなわちこのような極限の状態であれば、患者の生死の調整弁なんだ」

瀧村の頭の中で、理解が追い付かない。つまりは、救急外来で助ける患者と助けない患者を振り分けているということか。

「だから、もう予定救命なんだよ。すなわち絶対に助かる患者しか、助けられないんだ」

蜂須賀はそう話すと、壁時計で時刻を見て死亡確認をした。警察に検視を依頼するよう瀧村に話すと足早に救急外来から去っていった。

茫然と遺体の横に立っていると救急隊の一人が瀧村に近寄ってきた。

「先生、搬送受けていただいて助かりました。この前は病院が決まらず、車内の蘇生用アドレナリンをすべて使い果たしても受け入れ先が決まらない患者さんもいたので」

瀧村はその話に静かな恐怖を覚えた。少しずつ医療の一端が確実に崩壊し始めている。

「この方の家族とまだ連絡が取れていません。現場に警察が入っているので、警察が連絡先を探しています。検視の依頼についてはこちらの方から連絡しましょうか」

瀧村は訳もわからず、よろしくお願いしますとだけ答えた。

隣りでは看護師が遺体を初療室の隅のカーテンで仕切られた場所へと移動させている。救急隊が引き上げると、救急外来はまた音のない空間へと戻った。

医療崩壊という言葉のイメージとは随分と違って本当に静かだった。ここに患者が押し掛けてくることもないし、病院の酸素が足りないなんて話も聞かない。すべての人が医療崩壊だと思うようなそんな事態になるかどうかなんて現場に出ている瀧村にもわからない。しかし、現実には足りないものがどんどん増えているし、無理矢理に曲げた診療方針や療養計画で、見えないところにしわ寄せが行っているのだろう。だから本当に危機に陥るまで、誰も気づかないのかもしれない。

長い船旅の最中に誰も救命ボートの数なんて数えたりはしないのだから。

蜂須賀が受け入れを宣言した六十二歳の患者が、午後二時を回ったところで救急車に乗せられ運ばれてきた。変異株クラスターの発生地である高齢者施設の職員であり、多数の重症化した高齢入居者を施設に残して、年齢要素で優先的に前医に入院した後の重症化であると、搬送元の病院から付き添って来た医師が話していた。

前医ですでに気管挿管されており、すぐさまＩＣＵのオープンベッド３０６号で人工呼吸器が装着された。旧式の人工呼吸器であり、瀧村にとっては見なれない型の人工呼吸器だ。

ＩＣＵ担当の臨床工学技士である真鍋が処置を終えた瀧村たちに近寄ってきた。

「先生方、お伝えしておかなければいけないことがあります。人工呼吸器が足りません。この旧式のものがあと一台です。なんとか回せるとは思いますが、人工呼吸器の新規使用の患者さんが同時に二人発生したら厳しいです」

ＩＣＵの九床は全員が人工呼吸器を装着しており、現状は離脱のめどが立つ患者は一人もいない。

「あとシリンジポンプも不足しています。使わなくなったらなるべく早く返却をお願いします」

すべての医療資源が足りない。プラスチック手袋も、以前のものは在庫が尽きて今は見慣れない会社の製品が配置されている。薄くて破れやすいと看護師の評価はすこぶる低い。

「プロポフォールも出荷調整しているからな。一体どうなっているんだ。まさに竹やりで戦争に向かっていくような状況だ」

新藤がため息交じりに皆の声を代弁した。

人工呼吸器一台一台がそれにつながれた患者の生命を維持している。単に高濃度の酸素を高い圧力で送る機械ではないのだ。酸素が20パーセントのこの地上で、患者が生きるために高濃度の酸素を休みなく患者に送り続ける医者の治療パートナーなのである。その人工呼吸器も、人工呼吸器を正常に稼働させるために患者に投与する薬品も、その薬品を患者の体内に正確におくるためのシリンジポンプも足りていない。

これからも増え続けるだろう感染者、足りない医療機械、増やせないベッド。不確定な要素が多すぎて、明日からの見通しも立たない。今日の状態を維持するだけで精一杯なのだ。両脇にいくつもの重りをつけてでこぼこ道を行く自転車だ。前かごには人の命を載せて、今いるスタッフで明日の朝までこぎ続けなければならない。

蜂須賀のいう通り、救命数を最大化するためには、あきらめなければならない命もあるだろう。助かる、助からないの選別であれば、まだ医学的に決められる。しかし、今このような状況では「助からない」の判断はあまりに曖昧にならないだろうか。通常は、あらゆる手を尽くしても「助からない」と判断されるべきであり、それ以前に「助からない」と判断することが許されるのだろうか。助かる、助からないの判断が、今は助ける、助けないの選別になりつつあることがあまりにも気掛かりだ。その判断を短時間に行わなければならないのに加え、判断をする人間が背負う荷があまりにも重すぎる。

そもそも平等であるはずの人の命に優劣をつけることは倫理的に許されるのだろうか。さらに感染爆発が起これば医者としてしてはいけないことをしなければならないのではないか。瀧村の思考は深い谷の闇の中へと転がっていく。

その気持ちの揺らぎを切り裂くように瀧村のポケットでホットラインの着信音が聞こえた。

「こちら東能勢救急隊の隊長、船岡です。三次救急搬送の受け入れ要請です」

その声はまぎれもなくあの船岡の声だった。

27

「本隊は新型コロナ陽性の七十歳の男性患者の自宅からの救急要請を受け、現場付近で救急車内で酸素投与をしていますが、現在、血中酸素60パーセント、橈骨《とうこつ》動脈触知不能、意識レベルはジャパンコーマスケールの３００で、心肺停止直前の状態です。緊急で受け入れのほどはいかがでしょうか」

冷静に数値を伝えてくるが、切迫した状況であることが声のトーンからもわかる。

「コロナウイルス患者の受け入れですか。通常は保健所経由で受け入れの依頼がないと取れませんが」

瀧村も冷静さを失わないよう、受け入れのマニュアルに沿った返答をする。

「はい、それは承知しています。しかし、今にも心臓が止まりそうな状態です。能勢医療センターが現在の直近です」

ＩＣＵは残り一床。３０１号の個室以外は空いていない。一般の重症患者を入室させるには蜂須賀の許可がいるが、すでに陽性と判明している患者の急変であれば、病棟に余力さえあれば瀧村の判断で返事が出せる。ＩＣＵのスタッフステーションから病室を見渡した。幸い昼休憩から帰ってきた看護師が多く、受け入れのための人員も確保できそうだ。

「受け入れます、あと何分ですか？」

瀧村は、自分の良心に従った。

「ありがとうございます。あと七、八分で到着できます」

「わかりました。早急に準備します」

電話を切ると、急いで救急外来の事務に連絡をした。

病棟看護師リーダーの結城に状況を説明し、救急外来で受け入れるための人を工面してもらう。それと同時に、ＩＣＵの最後の一床を確保してもらった。

救急外来に走って降り、急いで防護服を着た。

一般患者とは違う裏側の入り口から動線を確保し、コードイエローが鳴る。

コロナ患者の救急応需プロトコールに従い、一般初療室とは隔離された部屋で患者を迎える準備をした。

裏口から外にでると、角を曲がって救急車が病院の敷地内に入ってくるのが見えた。遅れて同じ防護服を着た看護師二人が、裏口の前に集合した。

救急車が停車し、後部のドアが開け放たれると、患者を乗せたストレッチャーが流れるように降ろされた。

一目見た印象だけでいえば、患者は息をしているのかもわからない状態だった。近寄ってよく見ると息が弱く、胸が上がっていない。両腕の関節は力が入らず弛緩しており、瞼のあたりがわずかにぴくぴくと動いているだけだ。

「車内の最終のバイタルサインは血圧62の40、脈拍１２０、酸素飽和度は60パーセントです」

船岡が大声で叫んだ。Ｎ95マスクをつけているため、それでも注意して聞かないと聞き取れない。

「わかりました」

瀧村は救急外来の隔離室へと急いだ。

隔離室では中谷も病棟から応援に降りてきていた。

すぐに両腕から点滴が取られ、輸液と薬液が投与された。少しだけ橈骨動脈の脈の強さが回復する。

気管内挿管を行い、患者は最後の一台となった人工呼吸器に装着された。

頸もとを走る右の内径静脈から中心静脈ルートを確保し、昇圧剤が投与された。

血圧が人並まで徐々に回復すると、わずかだが顔色が戻ったように見えた。

尿バルーンや体温センサー、動脈ルートをとり、それらのパラメーターを見ながら、適切な量の薬剤を追加し点滴速度を調整していく。搬入から十五分を過ぎる頃には、収縮期血圧は

１００を超えてきた。

状態がやや安定したところで、レントゲンとＣＴを撮り、患者を乗せたストレッチャーをＩＣＵに運ぶ。

何度も繰り返した作業だ。非日常が日常化するのと同じように、この処置ももう流れ作業になってきている。

「コロナの患者が、急変するまで病院が見つからないなんて、本当にもう末期なんだな」

ＩＣＵに上がるエレベーターの中で、新藤が呟いた。

「そうですね、急変しないように迅速に治療をするのが救急医療なのに、急変してからじゃないと治療が始められないだなんて」

「救急医療の仕組みを根本から変えたんだよ、このウイルスは」

新藤の言葉に瀧村は深く頷いた。

これでＩＣＵの最後の一床が埋まった。現時点ではＩＣＵの病棟がすべてコロナ重症ベッドであり、すべての病床が埋まっている。

もう、これ以上の重症患者はとれない。すべての救急医療も自動的にストップとなり、ＩＣＵの一般用重症ベッドが空かない限り三次救急もとれない。市内の救急隊に三次救急の受け入れ停止が伝えられた。今、この時間に市内で発生した重症患者は別の病院へ運ばれることになる。

搬送の時間が長くなることによって、実際に患者に不利益が出ることは多くはないが、全くないというわけではない。

瀧村はホットラインの着信音が聞こえた気がした。実際に確認してみると、着信はなかった。鳴らないホットラインは緊張感を緩和したが、漠然とした不安はあった。

その時突然、瀧村のPHSが鳴動した。病院の事務からだった。

「瀧村先生、保健所の坂下さんからお電話が入っています」

「保健所ですか。もう重症は取れませんけど」

「受け入れの電話ではないらしいです。とにかく、今日の重症受け入れ担当に替わってほしいと言われました」

「わかりました」

電話が切れると、保健所の坂下という女性に替わった。

「瀧村先生ですか」

抑揚を消した声で坂下が訊ねた。

「先ほど、そちらの病院から報告があり、コロナの重症患者さんを受け入れていただいたと思いますが、どうしてそういう判断をなさったのですか」

「どうしてと言いますと？」

瀧村が質問の意図を図りかねる。

「陽性患者の受け入れの原則は保健所経由と決まっているはずです。どうして保健所の指示にない患者を受け入れたのですか」

「どうしてと言われても、その患者さんの状態が悪く、救急車内で急変され迅速な治療が必要となったからです」

「状態が悪い人なんて山ほどいるんですよ。もっと状態が悪くて年齢の若い人もいたんです、どうして勝手に患者さんを入院させたんですか」

あまりの剣幕に、瀧村はＰＨＳを耳から離さなければならなかった。

「その人の状態もかなり悪かったです。もう五分遅かったら病院に付く前に心停止していたかもしれません」

「だとしても、保健所が調整リストに沿って患者を振り分けています。ベッドが限られているんです。勝手にベッドを埋めないでください。そのベッドがあれば助かったかもしれない別の人がいる可能性を常に考えておいてください」

そう言って、突然電話は切れた。瀧村はしばらく茫然としていた。

限られたベッドに多数の患者。院内発生用や中等症が重症化した場合に備えて、空きベッドを確保している病院も多くあると聞くから、大阪の重症病床は実質満床だろう。

当院の重症ベッドも十床があっという間に満床になった。今後中等症が重症化した場合は、転院搬送になるが、問題はそれがすぐには決まらないということだ。万が一、転院調整を図っている重症化した中等患者が複数名発生した場合に誰を優先して処置をするか、決めておかなければならない。

重症化した順か、年齢順か、基礎疾患の重症度か。そのどれが正しい基準かどうかはわからない。ただし、順番をつけなければ現場が混乱する。

おそらくは中等症の病床で重症患者を診なければいけなくなる日が来るだろう。だがそれも、人工呼吸器の数に限界がある。発症日が同じで、四十代で基礎疾患ありの患者と七十代で基礎疾患なしの患者ではどちらの優先順位が高いのだろう。十床のベッドが整然と並ぶＩＣＵの光景を見て、瀧村はそんなことを考えていた。

今週も臨時の対策会議が始まった。

議題は院内の医療資源が本格的に尽き始めていることに対する対策であった。まずはエクモの適応について、六十五歳以上は原則適応外とすることが病院として決まった。たとえ基礎疾患がなくても、院内に三台という限られた高度医療機器を今後来る可能性の高い若い人たちに残しておくべきだという意見が多数だった。

一度装着されたエクモは数日では外せないことが多い。その間にエクモ適応の患者が発生してしまったら、エクモを回せる病院に転院させるしか助かる道はない。かといって重症患者の転院など簡単にできる状態ではない。平時に比べてエクモの適応を厳しくする必要があった。

「六十五歳以上にエクモの適応はないと、言い切ってください」

院長はそう、参加者に力を込めて言った。

院長の年齢は六十台前半、自分自身もまだ適応になる年齢である。六十歳以上を突き放すような言い方ではあったが、裏を返せば六十五歳以下を救うための発言でもある。

万が一、若い患者がエクモが必要になったときに、エクモ不足により治療をあきらめることがないよう、エクモ適応については慎重に慎重を重ねた判断が必要になるということだ。

「高齢患者の家族から年齢による命の差別だと言われたりしないでしょうか」

一部の医師による意見があった。

「実際はそういう言われ方をされる可能性もあります。それが正義かどうかは別として、高齢者は一般的に救命の可能性が若者と比べると低いです。このような災害レベルの状況下では、命のトリアージとして年齢が高いという意味ではなく、助かる可能性の高い人の治療が優先されるべきでしょう。その部分を重点的に説明してください」

説明を補ったのは牛島だった。

参加者はみな一様に黙っていた。潰えていく命を前に家族に本当にそんな説明ができるのだろうか。それぞれの家族が病院に預ける大切にしている人の命に、優先順位をつけることが許されるのだろうか。答えのない問いに対して、会議の参加者たちは皆深い思索を巡らせていた。

「今日の話の議題はエクモではありません。むしろ人工呼吸器です」

その重い空気を切るように牛島が続けた。

「現状大阪ではコロナ患者の転院に大きな支障が出ているのはご存じの通りだと思います。そのため中等症を専門に診る病院では、中等症用のベッドで人工呼吸器をつけて重症化した患者を診療し始めているようです」

会議室がざわざわと落ち着かない雰囲気になり始める。

「それは想像すら困難な状況ですが、実際に起こり始めているのです。当院でも今後そのような事態が起こる可能性が十分にあります。現に、すでに今日重症用ベッドは満床になりました。もし、中等症ベッドの患者が重症化したら、大阪中の重症ベッドが満杯状態なので、中等症ベッドで院内発生の重症患者を診ることになります」

牛島がふうと大きな息を吐いた。

「しかし、そのときに考えなければいけないのは医療資源です。特に人工呼吸器。現在重症用ベッドで十台の人工呼吸器が稼働中です。一般病棟の非感染者でも、頭部外傷で意識の回復しない患者や慢性呼吸不全の患者など、人工呼吸器を装着中の患者がいます。中等症病床で人工呼吸器を使うようになればやがて人工呼吸器も枯渇する事態となるでしょう」

牛島が院長の方を見る。

「そこで、今回の会議の論点としては人工呼吸器をはじめとした重症用の治療、つまり集中治療の制限についてだ」

院長が牛島のバトンを引き継いで説明した。すぐに牛島が詳しく補足する。

「これまでコロナ感染で中等症に入院してきた患者は、急変時に備えて集中治療の同意書を自動的にもらっていました。ただし、今日から治療一般の同意書のみをもらうこととし、集中治療の同意書については、年齢や基礎疾患に応じて、つまり、こういういい方は良くないかもしれませんが、助かりそうな人にだけあらかじめ取得しておくことにします」

牛島が言葉を放ち終わって、参加者の顔を見回す。皆の反応で自分の言葉の重みを牛島自身が測っているかのようだ。

予定救命か、と瀧村は思った。今にも沈みそうな客船に乗客全員分の救命胴衣がないのである。

「しかし、同意書をもらわなかったとしても、それが直接集中治療をしないことと結びつくわけではない。その時のベッドの数や世の中の感染者数の傾向において、臨機応変に対応してもらいたいと思っている」

院長が曖昧な表現を口にする。

結局は現場に裁量の判断が残された。裁量が残された分だけ、この中の誰かが良心の呵責に苛まれ、自らの存在意義に悩むことになるのだろう。

「難しい判断の連続になるとは思いますが、よろしくお願いします」

院長と副院長が揃って頭を下げた。


対策会議が終わると、救急科と内科のコロナ治療の実働部隊が残って臨時の病棟ミーティングが引き続き行われた。前面のスクリーンに中等症病棟のベッドマップが映し出される。

「現時点では、中等症病棟に人工呼吸器を装着した患者さんはいませんが、院長の言う通り今晩、そういうことになってもおかしくはありません」

呼吸器内科の水野が前に立って進行役を務める。

「実際に、この方。政宗さん、五十二歳。先ほどから酸素5リットルで95パーセントと酸素化が低下しています。夜にかけてさらに一段階悪くなれば挿管適応になると思います」

「五十二歳か」

蜂須賀が呟いた。

「俺と同い年だな」

「この方がもし、人工呼吸管理となったとして、今日からすでに六階の個室で人工呼吸器の治療を行うのは現実的ではありません」

「そうだな」

水野の指摘に蜂須賀が同意する。

「万が一、いやそんなに確率は低くありません。むしろそうなる可能性はある程度ありますが、人工呼吸器を装着した場合は、どこで治療をするべきでしょう」

「普通ならＩＣＵのベッドは一床空けておきたいところだったんだが、今日はな」

蜂須賀は瀧村の方を見た。

「イレギュラーに埋まってしまったからな」

スクリーンがＩＣＵのベッドマップの画面に切り替わる。現時点で十床すべてが埋まっており、空きベッドはひとつもない。

「最高齢は戸谷修次で七十八歳か」

名前の下に表示されているのは年齢と性別だ。

「この人も瀧村の患者だったな。責任もって、お前がこの患者を中等症病棟に移して、一晩中付きっ切りで診るか」

瀧村の表情が強張る。

「冗談だよ」

どんな極端な話も冗談に聞こえない怖さがこの第四波にはある。瀧村は心臓の鼓動が早くなっていることに気づいた。

「しかし、そうなると本気で手詰まりな状況だな」

蜂須賀が考え込む。

「ハイケアユニットの重症ベッドを含めて、今すぐ人工呼吸器を離脱して一般病棟に行ける人なんていませんからね」

新藤も現状を分析して口を挟む。

「どうにかしてあと一つ、人工呼吸器付きで診られるベッドを用意しなければならない」

蜂須賀が独り言のようにつぶやいた。

「本当に災害でベッドがないなら、人工呼吸器を外すという選択があるんじゃないでしょうか」

部屋の最後列で、いつの間にか参加していた中谷が急に発言した。皆の注目が一気に注がれる。中谷の頭には新しい寝ぐせがついていて、変な寝言を言っているように聞こえる。おそらく当直明けにどこかで寝ていたのだろう。

「人工呼吸器を外す？　なに言ってんだ。今装着している患者のだれもが人工呼吸器を外した瞬間に死ぬぜ」

新藤があきれた顔で返す。

「でも外さずにベッドが空かない状況が続けば、府内の中等症病床も限界を迎えて、そこにたどり着けず死ぬ人だっているんですよね」

中谷の極端な発言も現実味を帯びている。

「そうかもしれないが、それは俺たちの知ったことじゃない。正直なところそこまでは関与できないよ。目の前の患者を治すことが俺たちの最大であり、最小の任務だろう」

その新藤の言葉を無視するかのように、中谷が続けた。もはや誰も寝言だとは思っていない。

「以前、テレビで見た、人工呼吸器を譲るカードを誰か持っていませんかね」

「あれか。それを持っていたとして、家族が同意したとして、現実的に人工呼吸器を外すという選択肢はないよ。ここにいる全員は、まだ治療途中だ。治る見込みがすこしでもあるから治療しているんだ。俺たちが作為的に人工呼吸器を外したら、それこそ殺人とかわらないよ」

「そうだな。新藤の言う通りだ」

蜂須賀が渋い顔をしながら静かに呟いた。

「この病院の外のことは、俺たち以外の誰かが何とかしてくれる。そう信じるしかないんだ」

新藤がこの着地点のない議論を収束へ向かわせた。

蜂須賀が、胸の前で一度パンと手を叩く。そしてゆっくりと口を開いた。

「確かに資源を回すことが困難になり始めて、治療の上で制約が多くなってきている。ただ、一度この病院が治療を始めた患者たちは何としてでも救うという俺たちの気持ちに変わりはない。それでいいだろう」

皆黙って頷いた。

「そろそろ現実的な答えを出すときだ。中等症病床の患者に人工呼吸器を装着したらどこで診るか、これさえ決まれば今日はもう時間だし、終わりにしよう」

「やはり、原則は転院が理想なんじゃないでしょうか。当院は、重症十床で申請しているのですし。十一床目まではやはり診れませんよ。転院ありきで粘るしかないでしょう」

新藤が口を開く。瀧村も同じ考えだ。

「そうだな。やはり病棟の構造や重症を看られる看護力の面からも、十一床目は不可能。酸素がこれ以上増えた段階で転院の依頼を保健所に打診しよう。転院までは悪化しても酸素は15リットルまで上げて夜通し体交してしのぐしかない」

蜂須賀が同意する。

「無茶苦茶ですけど、若いから多少荒い治療でも一晩はそれで乗り切れるとは思います。あとはどれだけ保健所に当院のこの深刻な状況を伝えられるかですね」

新藤が蜂須賀を見て言った。

「若さに期待して何とか挿管せずに持たせたいが、万が一、緊急挿管が必要になったとしたら、その時は院長室だ」

蜂須賀の冗談に場は張り詰めた場が少し和んだが、瀧村はすぐに笑うことができなかった。

28

玄関から順番に部屋の明かりをつけて、窓を少しあけて換気をする。散らかった部屋の床でリモコンを探し出し、テレビをつけた。ニュースの音を聞きながら思い立ったように傍らの小さな電気ストーブを押し入れの奥に片づけて、テーブルの周りを少し片づけた。コンビニで買ったパスタを電子レンジでチンして、蓋を開けて啜る。やっぱり別のパスタにすればよかったと食べながら思う。お茶で喉に流し込みながらスマートフォンを見る。不在着信を知らせる通知が一件来ている。マナーモードを解除していなかったので気づかなかったが、コンビニから帰るぐらいの時間に着信があったようだ。

着信元は船岡からだった。病院からではなかったので安心した。

かけ直すとしばらくのコールの後に船岡が出た。

「お疲れ様、先生」

「すまん、昼間の癖でな。今日は色々ありがとう。おかげで助かったわ。それであの患者ってどうなった？　聞かずには寝られなくてな」

「助かったよ。今はＩＣＵで人工呼吸器管理だ」

「そうか。よかった。あの後、署に帰ると上司がカンカンで。保健所通さずに陽性患者の受け入れ要請するなって」

「お前も言われたのか。俺も直接保健所から電話がかかってきたよ」

「そっちにもかかってきたんか。本当にすまない。でも保健所を通すのは原則にしか過ぎないからな。原則があれば例外もある。目の前で患者が死にそうになっているのに、例外にならないってことなのか。それともそもそも公務員に例外はないってことか」

「保健所の言い分もわからないわけじゃないんだよな。現に助けるべき人がまだまだ沢山いるから」

瀧村はどちらの肩を持つわけでもない。その時その時に関わった人間の判断に任せるべきだと思う。

「ただ非常識な言い方やけど、急変してくれて助かったと思ったよ。すぐに病院が見つかったから。あのまま保健所経由で病院が決まるのを待っていたら、絶対あの患者は車内で心停止してたやろな。それでも結局怒りの矛先はこっちに向いていたと思う。何のための救急救命士やって」

　電話口からため息が聞こえた。

「救っても怒られるし、救えなくても怒られる。因果な商売やで」

「この状況が特殊すぎるよ。救急車を呼んでも何時間も病院が見つからないなんて」

「医者はいいよな、救ったら褒められるし、救えなくても最期はありがとうございましたって言ってもらえるんやろ」

「そうかもしれないけど、実際に医者の力で救える人は限られているさ。無力さを感じるときの方が多いかもしれない」

「無力さか。それは感じるよな。なんのための救急車だろうか。最近自宅の前で病院が決まるまで酸素投与しかしない場合もあるんやで。それで一勤務が全部終わったことだってある」

「そんなに酷い状況なのか」

「酷いのは職場環境もそうや。ワクチンも医療従事者優先で、救急隊は後回しになっているやろ。俺は今日、マスクを着けているとはいえ、あの患者と狭い救急車内にいたんや。いつ感染してもおかしくないで」

瀧村はかけるべき言葉が見つからなかった。

「すまん、瀧村に怒りをぶつける必要なんてないんやけどな。患者を受け入れてくれて、感謝するべき相手なのに」

「みんなどこかに怒りをぶつけたくなるんだよ。この状況は」

「そうやんな。もう四回も波が来たけど、何も変わりやしない。発熱の患者ってだけで、何十件と病院に受け入れ要請の電話をかけるんやで。最近じゃ、その数を署内で競いあってるくらいや」

「どの病院も受け入れたいという気持ちはあると思うけど」

「わかっているよ、そりゃ。でも今回みたいにハラハラしながら、電話をかけ続けるのは相当なストレスなんよ。自分たちの時間で搬送先が決まらなければ次の隊に断腸の思いで引き継ぐことになるんやからな」

ここでもまた、限られた資源や人手の中で必死に闘っている人たちがいた。

「くそ、憎いわ、コロナウイルスが」

船岡はそう吐き捨てるように言った。

翌朝のＩＣＵは、昨日までの状態と変わっていないように見えた。いつもと同じように看護師が忙しく動き回っている。しかし、個室が一つだけぽっかりと空いていた。

その個室にいたのは昨日瀧村が船岡から受け入れた患者だった。

近くにいた夜勤明けの看護師が、その患者なら夜間に急変し亡くなったと教えてくれた。

主治医が決まる前に、次の夜明けを待つ前に、逝ってしまったのだ。重症病床で死亡が確認されるのはこれで三人目である。

「すまん、いろいろ手を尽くしたんだが、状態が立ち上がったと思ったのも束の間、また持っていかれてしまった」

スタッフステーションから近づいてきた新藤が残念そうな顔で口を開いた。いつもは立ち上げている前髪が脂汗で額まで降りてきている。

「夜通しお疲れ様でした。患者さんはもう予備の力が残っていなかったんじゃないでしょうか。先生の治療云々ではないと思います」

瀧村は新藤の労をねぎらった。実際、患者は救急車内の急変を乗り越えることで最後の力を使い果たしてしまったのだろう。集中治療をしても助からなかったのであれば、少なくとも諦めはつく。

そのまま新藤に話を聞くと、六階の中等症患者は引き続き転院調整を保健所に依頼しているということだった。まだ返事はないが、若い患者であればまだ可能性はあるだろうと新藤は言った。

懸念されることは第二の重症患者がいつ発生してもおかしくないということだ。第四波においては、中等症と一口にいっても中等症全体の病状が限りなく重症に近い状態になってきている。これまでは、軽症に近い中等症患者も一定数いたはずなのだが。

朝のカンファレンスではその話も出たが、ＩＣＵも現時点で一床空き、その病床を有効活用しながら、適宜重症化した患者に対しては転院の調整をかけつつ流動的に対応することで一応の結論となった。

転院待ちの中等症患者をＩＣＵに降ろすことも考えられたのだが、これで結局そのまま転院の調整をすることになった。一床ＩＣＵを空けているのといないのではベッドコントロールの困難さが天と地ほど違う。その患者自身もなんとかまだ中等症病床で診られる状態ではある。

戸谷も変わらず同じ病室にいた。せき込むときに苦痛の表情を見せる。筋弛緩薬と鎮静薬が一時的に切られ、おぼろげながら意識と動作が出てきている。呼吸器の設定は強い条件のままであり、肺の機能に改善は認められない。瀧村は診察のために病室に入った。

戸谷が何かを訴えていることが、その目を見てわかった。病室の中にいた看護師が小さなホワイトボードを渡すと、ペンで何かを書き始めた。

「もうおわり」


その文字を見た瀧村は思わず、戸谷の耳元まで近づいた。

「まだ終わりじゃないですよ、治療は続きます。もうちょっと頑張りましょう。決して治らない病気じゃないですよ」

戸谷は首を横に振った。

「かんばりましょう。治してまた娘さんと話しましょう」

戸谷の表情が曇る。再び首を横に振った。

「先生、戸谷さん、もう終わりにしてくれって言っているんじゃないでしょうか」

看護師の言葉に戸谷が首を縦に振った。

「戸谷さん、嫌なことがあれば言ってください。我々はみな、戸谷さんが良くなってくれると信じて治療を行っています。だから、一緒に頑張りましょう」

戸谷の首は動かなかった。

戸谷の採血データは少しずつ悪くなっている。これまでの変異株に感染した患者の特徴は、ここから一気に悪くなる経過を辿り得るということだ。そうすると手がつけられない。年齢的にもエクモの適応はない。

隣の空いているベッドを見た。同じ経過をたどる可能性もある。しばらく考えた後に最悪の事態に備えて、瀧村は戸谷瑛子にメールを書いた。

「お父様、少しずつ悪くなってきています。人工呼吸器のサポートも日に日に強くなっています。今週が山になると思います。万が一に備えて延命治療の希望についてうかがっておかなければなりません」

そう書いて、送信する前に逡巡した結果、瀧村は後半部分を書き換えた。

「その山を越えられなかったときはそれ以上の治療、つまり延命治療を差し控えさせていただきます」

メールだから言えたものの、面と向かってなら言えただろうか。延命治療はもうできないというならば、最初から聞かなければよかったのだ。

家族には治療をあきらめさせるようなメールを送っておいて、本人には頑張れという。一人の医者の中にも相反する感情や思いが共存していた。

「つまり、このまま亡くなる可能性もあるということですか」

瑛子からの返信はすぐに来た。

「はい、その可能性も少なからずあると思います。救命の可能性がないと判断した場合は、その後心臓が停止した際に心臓マッサージなどはせず、自然な形で見守らせていただきたいと思います」

瀧村はすぐにメールを返す。

「救命の可能性がなくなれば、それ以上の治療は望みません。本人と以前話をしたときも延命治療については希望しないと言っておりました。ですが、なんとか父を病気から助けてください。どうか父をよろしくお願いいたします」

瀧村が戸谷瑛子自身の状況を聞くと、今はまだホテル療養中であるとのことだった。自分がうつしたコロナウイルスで父が生死の境目を彷徨《さまよ》っている。しかも、その死に目には直接会えない可能性が高い。高齢家族がいる場合の家族内感染は、想像もできないくらい悲劇的な結末を迎える可能性がある。

「また何かありましたら、ご連絡させていただきます」

瀧村はそう書いて最後のメールを締めくくった。

その何かが具体的に何であるかは、はっきりわからない。亡くなったときの連絡になるかもしれないし、それ以外かもしれない。

夜中に亡くなった場合は、メールを送ればいいのだろうか。メールに着信音があるとしても、その音で起きられるのだろうか。いつしか瀧村の心配は、戸谷の死後のことの方に向いていた。

その日の昼過ぎに中等症病床に状態が悪化した患者が発生した。

救急科と内科の医師たちが連日臨時で開いた病棟ミーティングの冒頭、牛島が早口で説明した。中等症病床で発生した重症患者は二人になる。厄介なことに転院を粘っていた五十二歳の男性の容態もまたさらに悪くなっていた。前回と違うことは、重症ベッドを院内の中等症用に一床空けてあることだ。ただ、二人のうち一人が入れても、もう一人は入れなくなる。問題の構造自体は変わっていない。

「一人は五十九歳、もう一人は五十二歳とどちらも比較的若い患者です。どちらも高血圧や高脂血症などはありますが、その他に重い基礎疾患はありません」

二人のカルテ情報をスクリーンに交互に出しながら、牛島がそれぞれの臨床経過を説明した。同じ話を二度聞いたように錯覚するほど、二人ともほとんど同じような臨床経過を辿っていた。

毎日が命の選択だ。どちらを優先してＩＣＵに入れるかを決めなければならない。

今回は五十九歳と五十二歳、年齢的な差はほとんどない。どちらかをＩＣＵに入れると、どちらかは転院を待つことになる。決まるかわからない転院をだ。

先着順の医療は、時として遅れて発症した人や重症化した人たちの治療機会を奪うことになる可能性がある。限られたベッドを効率的に使うことが、より多くの命を救えることになるのをこの第四波で瀧村たちは痛いほどわかっていた。

しかし、すぐに答えが出るほどに簡単な問題ではないことも誰もが理解していた。

「五十九歳を先に入れるべきだろう。五十二歳の患者も確かにさらに悪化はしているが、逆に言えばこの状態でしばらくもっている。このままピークを越えてくれるかもしれない。しかも五十九歳よりも五十二歳の方が転院先が見つかりやすい」

「いや五十二歳を先に入れるべきだろう。年齢的にそこまで差があるわけではない。ただ、集中治療への反応という意味では正確に予想することは困難だ。基礎疾患がどれだけ治りにくさに影響するか正確にわからないのだ。今後のためにも唯一客観的な指標である、年齢を絶対基準にした方が、あとから振り返っても適切な判断だったとある程度割り切っていえることができる。若い方を常に優先する。それを原則にしてしまえば、こういった事で毎回悩む必要もない」

「それで言ったら、ＩＣＵを見てみろ、八十歳近い患者もいるんだぞ。この患者を六階に上げて上の二人をＩＣＵに降ろすほうが倫理的じゃないのか」

「そこまでは先着順で集中治療をしていたのだからしょうがない。今さら六階に上げるだなんて、これまで集中治療をしてきた意味がないじゃないか」

「もうこの七十八歳は助からないよ。今日のデータを見たけど、数日で回復できるような状態ではない。おそらく合併症を発症して、寝たきりになるのが目に見えている」

「集中治療を最初から選択しなければ、この二人ともここの重症ベッドに入れられたかもしれなかったのに」

各医師がそれぞれの持論を語る。いつもやり玉にあがるのが、戸谷だ。

年齢が高いことが、まるで罪であるかのような口ぶりだ。

散々な議論は何とか決着し、最終的に五十九歳の患者がＩＣＵに降ろされることが決まった。理由としては喫煙歴があったことだった。喫煙の影響で肺の機能が低くなっていたり、痰が多くなるなどして、挿管の絶対的なタイミングが早くなるという見立ての上での決定だった。煙草を吸わない瀧村にとって、それは本当に些細な理由であると感じた。煙草を吸っていることで、逆に治療の機会を得られるなんてなんだか矛盾した話だとさえ思った。


ミーティングが終わるのを見届けると、瀧村にはもやもやとした気持ちだけが残った。病棟に帰る順路を外れて、研修医室に足が向かった。黒い三人掛けのソファで一休みしていると、研修医室を巣にしている神津が部屋に戻ってきた。

その顔はやたら眠そうで、横になる場所を求めてソファの方へと近づいてきた。

「よう、瀧村忙しそうだな」

瀧村を見つけて神津が開口一番言った。

「そういうお前は暇でいいよな。全身麻酔の手術は全部止まっているからな」

「そりゃ手術がないときは暇さ。でも全身麻酔以外の手術はあるし、外来もある」

「でも一時期よりは暇になっただろ」

「まあな。今はひたすら手術の動画を見ながらイメージドレーニングをしてる」

「お前なんでそんなに眠そうなんだよ。当直明けか？」

隣のソファに身を沈める神津に、瀧村が訊いた。

「当直明けではないが、俺も色々あってな」

神津は目を閉じたままいう。

「色々ってなんだよ」

「色々さ。そのうちお前もわかるようになるかもしれない」

「どうせ、女性関係だろう」

「もう少し、社会全体のためになることさ」

神津が目を細めて言った。

「社会のためか」

瀧村は大きなため息をついた。

「神津、俺のやっていることは社会のためになっているんだろうか」

ただでさえ貴重な重症ベッドを自分の患者を守りたいがために埋めているだけかもしれない。いや、ひょっとして守りたいのは自分なのかもしれない。

「お前は少なくともそうだろう。毎日コロナの患者を最前線で診ているじゃないか」

「それが社会に対する貢献なのかなあ」

「そうじゃなければ、皆医療従事者にエールなんて送らないって」

神津が頷きながら自分の言葉を噛み締めている。

「コロナの前は、毎日毎日新しい患者がきた。それを診療するのにやりがいを感じていたんだよな。でもなんでだろう。今は患者を診るのがストレスなんだよ。診れば診るほど、他の誰かの治療の機会を奪うことになっているかもしれないんだ」

「いいか、そんなことは考えちゃいけないんだ。まずは目の前の患者だろ。うわごとは患者を治してから言え」

神津が呆れたような顔をして言う。

「俺の患者はな、このコロナウイルスのせいで手術が飛んだんだよ。何か月も前から準備して、術前の抗がん剤も運良く効いて、奇跡的に手術できるような状態になったんだ。そこでこの第四波だよ。手術室が閉鎖になり手術ができないと電話でそれを伝えるのは相当苦しかったぞ。次にＣＴを撮ったら転移ができているかもしれないんだ。完治のタイミングを逃すかもしれないんだよ。希望を失いそうなのは、何もお前だけじゃない」

神津が瀧村をじっと見る。

「みんな何かしらやり切れなさを抱えながら、じっと耐えているんだよ」

瀧村はしばらく黙っていた。できるならもう何かを考えるということを放棄したいくらいだ。

「瀧村、こんなこと言いに来たわけじゃないんだよ」

神津は再び口を開いた。

「結婚式、延期になったんだ。それを言いに来ただけだ」

「延期？」

瀧村が前のめりに驚いた。

「これだけ、感染者が増えるとな。さすがにってことで。すまんな。楽しみにしていてくれたのなら、申し訳ない」

「いや、お前のせいじゃないよ。でも本当に大変だな、色々」

「嫁は妊娠で体型が変わるからウエディングドレス諦めるって泣くし、本当に何なんだよ、コロナウイルスってやつは」

神津の怒りもどこへも向けることのできない怒りだった。そんな怒りの感情が世の中には溢れている。ゴールがあるからマラソンは楽しめるのであって、ゴールのないマラソンはただの苦痛である。いつ終わるかわからないこのコロナウイルスとの闘いの中で、瀧村は気力が尽きてしまいそうになっていた。

29

戸谷の毎朝の採血データを見るのが怖くなっていた。貧血は進行していくし、血小板の値も毎日少しずつ下がっていく。肝臓が壊れて血中に漏れ出す肝酵素の値も上昇してきており、腎臓の機能を示す数値も横ばいから低下傾向になっている。

データを睨みつけながら、険しい表情を崩せずにいると、蜂須賀が話しかけてきた。

「どこまでやるか、瀧村。そろそろ限界を超えていないか？」

人工呼吸器の酸素濃度は85パーセントを超えていた。つまり、地球の酸素濃度の四倍の数値である。それはつまり、人工呼吸器を外せばこの地球上で生きてはいけないことを意味している。

「まだ改善の可能性は残されていませんか」

「残されていないとは言い切れないが、今やほとんど奇跡を願うことしかできないんじゃないか？　奇跡を願うだけの治療は医療とは言わないぞ」

「前回の入院もスムーズに退院できたんです」

「直近で入院歴があること自体が、徐々に体力が弱ってきている証拠だろう」

瀧村はしばらく考え込んだ。

「これは延命治療ですか」

「救命と延命の線引きは極めて難しい。特にこういう急性期の病態の時はな。いつから延命治療になっていたかは振り返ってみないとわからない」

「まだ、治療を縮小する決心がつきません。自分の経験が乏しいからでしょうか」

「この集中治療の領域にはエビデンスなんてものはほとんどない。そこにコロナという未知の病気だ。お前の言う通り、まだ助かる可能性もあるかもしれない。最後の最後までその可能性を追求するのも悪くはない」

蜂須賀が「ただし今は」と続ける。

「もしかしたら助かるかもしれないという思いだけで治療を続ける状況ではないんだよ。前にも言っただろう。確実に救える命を確実に救う、これを徹底することが重症を診る病院に課せられた任務だ」

確実に救える命なんて本当にその時にわかるのだろうか。救える命も、諦める命も同じぐらい大切なんじゃないかと思う。

「蜂須賀先生はどう思いますか。もう無理だと思いますか」

「総合的に考えれば、もう無理だと思う。この年齢でこの採血データと挿管期間、気管切開を行っても苦しい時間が長くなるだけだ。急変時の延命治療をしないことで納得しているのなら、治療撤退も受け入れる心の準備はできていると思う」

「治療撤退ですか」

「救えないと判断するのも医者の仕事だ。医者にしかできない仕事だ」

「救えないの判断ですか。難しい判断ですね」

瀧村は天を仰いだ。

「最大限の治療を行っても良くならない、良くなる兆しが全くない場合に、いたずらに命を長引かせることは医者と家族のエゴだからな」

蜂須賀は腕組みをして病室の壁際にもたれかかった。

「俺が思うのはな、その救えないという判断をするためには、ここまでの治療をやり切ったという主治医の思いも大切なんだ。だからここまでやって来た治療は決して無駄じゃない。逆にその思いを抱かないまま患者を亡くすと一生後悔するぞ」

「やり切ったかと言われると自信がありません。それすらもわからないのです」

瀧村は頭を抱えた。

「すべてのことに自信が持てなくてどうする。そんな医者に診てもらいたいとは患者は思わないぞ」

確かにそうかもしれない。医者を選べるとしたら誰も後期研修医なんかを主治医に選ばないだろう。

「医者はなんのためにあるんでしょうか」

「何ブラックジャックみたいなこと言ってるんだ」

「ブラックジャック？　手塚治虫のですか」

「なんだお前、ブラックジャックを読まずに医者になったのか」

瀧村が申し訳なさそうに首を縦に振った。

「そのセリフはブラックジャックの有名なセリフだ。あのブラックジャックさえもわからなかった問いだ。俺たちにわかるはずがない」

蜂須賀もわからないままに何十年も医者をやっているのだ。

「一つ確かなのは、命を救うと意気込んで医者になったやつほど、医者になってから救えない命の多さに打ちひしがれるんだよ。だから医者はな、命を救うためなんかじゃなく、その人の命がここで終わっていいかを判断するためにあるんじゃねえか。感情的にではなく、医学的に判断するために」

瀧村の瞳が戸谷の方を向いた。外界に目を開くことなく、ただひたすらに時が経つのを待っているように見える。頬はこけ、首元には筋が目立つ。四肢の爪は白濁しており、指先の色が悪い。

重要な決断は先送りにしたい。できるだけ現状維持でいたい。そんな気持ちでここまで来たのかもしれない。助からないかどうかは最後の最後までわからないという、通り一遍の希望を抱きながらガラスのこちら側から患者を診ていたのか。

治療は患者のためと言いながら、自分が諦めるために治療を続けてきたのだろうか。

30

戸谷の人工呼吸器の酸素濃度は１００パーセントに達した。これ以上は人工呼吸器の設定を強くすることができない。肺の線維化が進行しており、わずかに残った肺胞が必死に酸素交換をしているような状態である。昇圧剤も上限まで増量されていたが、それでも脳に行く血流が低下しており、鎮静剤を止めても意識が戻ることはなかった。

代謝機能が落ちて老廃物が体中に溜まることにより、血液が極端に酸性に傾き、さまざまな弊害が出てきている。心筋細胞もその過酷な環境に長期間は耐えられない。その状況を改善する手立てもない以上、状態の悪化は不可逆であり、その死は避けられなかった。

瀧村は結論を持って朝のカンファレンスに臨んだ。

主治医のプレゼンテーションで瀧村の決断が提示されると、治療撤退が救急科としての正式な方針となった。もっと早く治療撤退を決めるべきだったのではという意見も出た。

膿胸による後遺症でもともと肺の拘束性障害があり、救命できる可能性がないと判断するのは何日か前にできたはずだといった意見もあった。

その意見を聞きながら、瀧村は奥歯を噛み締めた。やはり単に助からないと判断するのを先延ばしにしたかっただけなのかもしれない。

振り返れば今日に至るまで、ターニングポイントとなる所見を瀧村は見逃してはいなかった。だがそれは直接的には救命できないと判断する所見ではないと心で判断していた。本当は次の事件が起きる前に状況証拠だけで犯人を逮捕しなければならなかったのだ。瀧村には、犯人が直接手を下すところを見るまで行動を起こさなかった未熟さがあった。

瀧村は歯がゆかった。結局ここ数日で自分が戸谷にしたことは、救命治療という名を借りた延命治療だったのだ。


瀧村は戸谷瑛子にメールを打った。

「昨日から今日にかけて、状態がさらに一段と悪くなりました。ここから戸谷さんを救命することは不可能な状態です。誠に残念ですが、治療を撤退させていただきます。新しい治療はせず、このまま痛みや苦しみがないよう、自然な形で看させていただきます」

文面は瀧村が思った以上に、手が素早く入力した。この文面をこの数日間、頭のどこかで無意識のうちに考えていたのかもしれない。

言葉の発音は同じだが、これまでは「診させていただきます」だったところが、今日は「看させていただきます」に代わることになる。もう看取るしかできないからだ。

このメールは、娘にとっての最後通牒だった。このメールの次に送るメールは何時何分に戸谷が亡くなったというただの事実のみを伝えるだけになるかもしれない。

アイパッドが戸谷の前に設置された。看護師が状況を案じて、急遽リモート面会が行われることになったのだ。娘の都合がついた昼すぎに、二人は最期の面会をした。

娘が見守る画面には音も手触りもない。ただ、戸谷の苦しみを超えた顔だけが映っている。二人の間には言葉はない。ただ、言葉以上のものが行き来していた。目を開けない戸谷の目元がこの時だけ、少し緩んでいるように見えた。数分の時間が過ぎた。瀧村たちにとっては数分だったが、この父娘にとっては数時間にも値する時間だろう。このリモート面会で、会えない分の時間を十分に取り戻せるとは言えないだろうが、瀧村が送るメールの内容だけでは、すべてを伝えることはできない。

それから数時間も経たないうちに、戸谷の心拍数は徐々に低下し、アラームの切られた個室の中で静かに逝った。

瀧村はそれをガラス越しに見守っていた。心臓が止まっても、人工呼吸器は戸谷の肺に酸素を送り続けている。もう咳をしたり、体をねじったりすることもない。

瀧村は防護服に着替え、病室に入った。戸谷の横に立って戸谷の顔を近くで見ると、苦痛にゆがんだ表情ではなかった。長い戦いを終えて、家路につく戦士のような安堵感を湛えた男の顔であった。

瀧村は人工呼吸器のスイッチを切った。処置灯で照らされただけのほの暗い病室に静寂が訪れる。戸谷の頭元で「失礼します」と一礼し、明かりの下へと近づく。ペンライトで瞳孔を確認して、優しく瞼を閉じた。戸谷の胸元の病衣を開き、まだ温かみの残る胸壁に聴診器を静かに当てた。

娘が聞けなかった戸谷の最期の声を、心の中でじっくり聞いた。

診察を終えて、ゆっくりと聴診器を肩にかける。

「午後十時二分。死亡確認とさせていただきます」

個室の中でそっと呟く。病室には瀧村と横たわる戸谷以外には誰もいない。言葉は虚しく病室の床に落ちた。

部屋を出ると、娘に死亡確認をした時刻をメールした。死亡確認のカルテ記載を書き、死亡診断書の作成に取り掛かった時、その返信が来た。

「ありがとうございました。先生には本当にお世話になりました。きっと父も感謝していると思います」

死亡診断書を書き終えて署名をし、看護師に手渡した。

戸谷にはエンゼルケアが行われ、身なりが整えられた。体全体がすっぽりと納体袋に入れられると、しめやかに霊安室に運ばれていった。

空いたベッドには消毒が行われ、純白の綺麗なシーツが掛けられた。次の新しい患者のための闘いの準備であった。

31

長い闘いが終わったのは、瀧村も同じだった。昨日で救急科ローテーションの延長分が終わり、今週から呼吸器内科に固定となる。去る四月一日に研修医の五年目を迎えていた瀧村は、一般的にはここから呼吸器内科医として一本道の長い医師人生が始まることになる。

これまで後期研修医だった職員証の肩書も、病院の規定で呼吸器内科に変更となった。

各科の研修は、本当にあっという間だった。循環器内科では一刻を争う患者へのファーストタッチを、脳神経内科や腎臓内科では、慢性疾患に対する患者との寄り添い方を、つまり臨床とはどうあるべきかを含めて学んだつもりだ。そして上級医から教えてもらった疾患の知識や治療の方法以上に、それぞれの科で担当した患者から色んなことを学んだ。技術の進歩で、情報がアップデートされたとしても、患者から教えてもらったことは不変と思えることばかりだった。

呼吸器内科医となって初めての患者もやはり新型コロナウイルスの患者だった。この日の朝にかかってきた電話は保健所からの入院調整で、自宅療養中の悪化症例だった。未明に酸素飽和度が悪化し、自宅に往診に行った医師から保健所に連絡が入ったらしい。

中等症病床の空き状況を確認して、受け入れを決めた。病院到着は陽性患者搬送用の救急車の手配をしてからになるので、およそ一時間後になるだろうとのことだった。現病歴については往診した医師からの紹介状があるので、ファックスすると保健所の職員が言った。

病棟で待機していると、ファックスが送られてきた。Ａ４一枚のシンプルな紹介状である。宛先は、「能勢医療センター　担当医師」であり、その内容は「五日前に開業医でＰＣＲの結果陽性と判明、自宅療養となっていた。熱は下がらず、本日の未明に倦怠感と呼吸困難で目が覚めて保健所に連絡。往診医の診察時は呼吸努力が強く、酸素飽和度も80台後半だった。3リットルの酸素投与で92パーセントまで改善したが、入院適応と考えられる」というものだった。

　同じような患者がこれからまだ何人も来るのだろうと思いながら紹介状を読んでいた瀧村は、その下段の記入医師の名前を見て目を見開いた。作成医師名の欄に、「クイックドクター　神津明宏」と書かれていたからだ。

「神津明宏？」

　瀧村は思わず叫んだ。クイックドクターは行政からの依頼で、市中の自宅療養中の新型コロナウイルス陽性患者の緊急往診体制を受け負っている民間の医療機関だ。一般病院の勤務医でもクイックドクターに所属し、夜間往診を中心に空いた時間を活用して、患者の診察に当たっている人がいると聞いたことがある。

　どうして神津が。新婚で妊娠している妻がいるのに、クイックドクターをやっているのだろうか。自分の脈が早くなるのがわかった。

　真意を確かめようと、神津のＰＨＳに電話をかけた。出たのは神津ではなく外科の後輩医師だった。彼は、神津なら午前中有給休暇を取っていると教えてくれた。昨日の夜に聴診器を持って足早に病院から帰っていったことも思い出したように教えてくれた。

神津は居ても立ってもいられなかったのだろう。手術室という活躍の場が閉鎖され、医者が何のためにあるのかを考えていたに違いない。その結論が夜間往診という道だった。

皆、自分は何のためにあり、何ができるかを考え続けている。


ほぼ予定通りの時刻に救急車が患者を乗せて病院に着いた。後部扉が開いて、中から船岡の姿が見えた。患者を乗せたストレッチャーに手を添えて、地上に降ろす。

「病院に着きました、安心してくださいね」

優しい大声で患者に話しかけているのが聞こえた。

不安そうな患者が船岡の手を握っている。その手を船岡が両手で握り返している。

それぞれの不安の中で、それぞれが自分の仕事に責任と誇りを持っていた。

使命感や責任感と言えば大層なものに聞こえるが、命を大切にするという本当に基本的な人間の感情にそんな名前が付いただけだ。

「この患者さん、病院が決まるまで時間がかかりました。往診の先生もギリギリまで付いていてくれました。後は頼むと伝言を預かっています」

その使命感と責任感に頼って回ってきた医療が、限界を超え始めている。しかし、やることに変わりはない。目の前の命を救うだけだ。瀧村はストレッチャーを押して病院の中へ向かった。防護服越しに四月の暖かい風が、瀧村の背中を押した。

本書は書下ろしです。この物語はフィクションです。登場する人物・団体・名称等はすべて架空のものであり、医療情報や治療行為についても小説の中の設定です。

犬養楓（いぬかい・かえで）

歌人・作家。
1986 年生まれ。
現在、救急科専門医として救命救急センターに勤務。
第 63 回短歌研究新人賞候補。
2021 年歌集「前線」刊行。

note:tanka2020
twitter:@tanka2020

トリアージ

2021 年 10 月 20 日　第 1 刷発行

著　者　犬養楓
発行者　田島安江
発行所　株式会社 書肆侃侃房（しょしかんかんぼう）
〒 810-0041 福岡市中央区大名 2-8-18-501
TEL 092-735-2802　FAX 092-735-2792
http://www.kankanbou.com
info@kankanbou.com

装　幀　成原亜美（成原デザイン事務所）
編　集　田島安江
D T P　黒木留実
印刷・製本　シナノ書籍印刷株式会社

ISBN978-4-86385-495-6　C0093